# 芙蓉の華

【ふようのはな】

麻希 絵梨沙

Erisa Maki

文芸社

枝ぶりの日に日にかはる芙蓉かな

芭蕉

# 目次


一章　道程……3
二章　出会い……20
三章　苦悩……90
四章　再出発……156
五章　夜明け……187

# 一章　道程《みちのり》

茉莉は窓辺に歩み寄ると部屋のカーテンを開いた。

短く潔《いさぎよ》い音が部屋の中に響いた。その音を耳にした茉莉は、これまで味わってきたいろいろな感情が、深い淵の底に過ぎ去った時間の中に、一瞬に消えていったような気がした。

「明日から、また、新しい私が始まるのだわ」

二〇〇一年、一月十三日、時計の針は午後の四時半を回ろうとしている。

ここ東京・小石川にある白山ホテル。最上階のスイート・ルーム５００８で茉莉は独り寛いでいた。

明日、自分たち夫婦と親しい者が集まって、〝常盤茉莉還暦祝い〟のパーティーがこのホテルで開かれる。

自分の気持ちを表すことに不器用な夫の浩介が、いつのまにかこの部屋を茉莉のために用意しておいてくれた。

茉莉を大切にするといった浩介の、これも一つの証《あか》しなのだろう。


大澤茉莉から常盤茉莉になって五年の月日が経っていた。

浩介は茉莉より二十歳も年下の夫である。この親子ほども歳が違う二人が出会い、愛し合い、共に伴侶にと選んで、暮らすことになった発端と諸々のいきさつは、後で語るとして、ここでは茉莉の感慨に今少し時を費やそう。

茉莉はホテル最上階の部屋で、こうして何の不安もなく過ごしていると、言い知れぬ喜びが体中から湧き上がってくる。この喜びに浸っていていい時間が今だと思うと、何をするでなく独りでいることに、いささかの退屈を感じないばかりか、この〝至福の瞬間《とき》〟を大切にしたいと思った。自分が幼い頃からずうっと持ち続けてきた一つの夢を、こうして現実として実感していると、いつも心に持ち続けてきた、

「きっと私は幸せになって見せる。必ずその日は来る」

という信念を、長い道程《みちのり》の中で見失ったり、置き忘れたりしてこないでよかったと思った。

東京・都内でも最高級のホテル、その最も華麗なパーティー会場で、最愛の夫に愛されている自分が、ここまで歩いてきた道程を慰労され、賞賛されそして感謝される祝いの宴が明日開かれる。今はその時を待っている時間なのだ。何もしないで、幸せに酔い痴れていればいい、この時間を贈ってくれた浩介に感謝しながら。ありがたいと思う気持ちが高まってくればくるほど、茉莉は浩介を想った。浩介に会いたい気持ちを抑えて茉莉は「さあ、明日から新しい自分をがんばろう」と思っていた。

そう、これが茉莉だった。

これまで何か事が起き上がり、判断の岐路に立った時、茉莉はいつも

「大丈夫。明日という日がある」

と思って自分を励まして、明日という日に望みを託し、くじけることも、あきらめることもしないで生きてきた。

還暦のパーティーを明日に控えた今夜も、さて明日が済んだら、また次の日からは……と思いを巡らすと、赤いドレスを着て、人の世の流れから離れ、特別席に収まるつもりはなかった。

明日からまた、新しい自分をがんばろう、という思いが胸いっぱいに広がってくる。

茉莉は部屋の明かりを落とし、そっと今度は淑やかにレースのカーテンに手を触れた。

白いベールを透して、窓の外は物憂げな冬の夕闇に染まっていた。高層階の窓から見渡す夕空いっぱいに、濃紺の緞帳が静かに下りてきている。鈍色《にびいろ》から薄墨色に彩られていく街に、夜が始まろうとしていた。

遥か西の彼方には、丹沢山塊の山並がうっすらと紫紺に染まっていた。その稜線の縁取りが宵闇の中に溶けていく。

すると今まで茉莉の気がつかなかった近さに、新宿の高層ビル群の窓明かりが、漆黒の空間に幾何学模様を描き出していた。林立するビルの明かりが織り成す模様は、茉莉の目にはさまざまな形に見える。見ようによっては象形文字の一文字にも見えた。無数の窓明かりが創りだす形の美しさ、おもしろさは、いつまで見ていても飽きない。

しばらくの間、茉莉は時が止まってしまった空白の中に閉じ込められていた。沈黙の檻の中に捉われていると、茉莉はふと、この世界、確かどこかで見たことがある。それも、そんなに遠いところに過ぎ去ってはいない時間の中で……と思った。

記憶の頁を過去に向かってめくり返して見る。……この白と黒の世界……。

茉莉がM・C・エッシャーの絵を思い浮かべるまで、それほど時間はかからなかった。

「エッシャーの絵。あの時、私が出会った『空と水』の世界……」

茉莉は昨年の秋、それも晩秋、浩介と一緒に仕事の帰りに長崎に立寄り、ハウステンボス美術館で、エッシャーの作品集を見て回った。

オランダ生まれのM・C・エッシャーは〝トロンプ・ルイユ〟が有名で、オランダを代表する作家である。

エッシャーの描くいろいろな作品の中で、茉莉は一枚の絵の前で足を止めた。しばらく、その絵に見入っていただろうか。絵のタイトルには『滝』とあった。永遠に流れる水が滝となって落ちていた。さらに、茉莉が印象づけられた一枚に『空と水』と名がついた絵があった。

その絵は白と黒で、魚と鳥の形を一分の余白もなく組み込んで描いた抽象画。白い魚を見続けていると、空を飛ぶ黒い鳥の姿は画面を見る者の目から消え、その反対に黒い鳥を見続けていると、水に泳ぐ白い魚の姿は意識の中から消えてしまう。何とも不思議な世界がその絵の中にあった。

まさに今、目の前にエッシャーが描く絵と同じような、ビル群の窓明かりが創る模様、白と黒の世界があった。その模様の下に多くの人たちが暮らす、無数のささやかな明かりが瞬《またた》いている。曲線を描く街灯の点列の間を、車の赤や白のテールランプとヘッドライトの明かりが揺れながら流れていく。まるで深海に浮遊する怪しげな生き物のように。

茉莉は思った。あの中で私も……生きてきたんだ。そして、これからも……。明日が済めば、またあそこに戻っていく。還暦だからといって、老けた気持ちなんかにはなっていられない。まだまだ、することはたくさんある。したいこともあるし、しなければならないことも残っている、と。

部屋のチャイムが鳴った。時計は七時ちょうどを指している。

ゆっくり二度、柔らかく鳴った音は、窓辺で物思いに浸っていた茉莉を優しく現《うつつ》の世界に引き戻した。この「白山ホテル」の総支配人、村越一平と約束した時間である。

茉莉と幼友達の一平は、二人の生まれ故郷である東京の下町、深川にある小学校で共に六年間を過ごした同級生であった。

茉莉たちが学校に通った戦後間もない頃は、街はバラックばかりが目に付いて、高い建物などがあっても焼け焦げているか、無残な廃墟をさらしているかだった。冬は北風が吹きすさぶ妙に寒かった街、豊かさなどまだどこを見てもお目にかかれなかった街だったが、何故か人々の心は温かかった。

パーティーは明日の午後三時から、ホテルが誇るパーティー会場「華厳の間」で開かれる。華麗でしかも品格の高い調度品と装飾の中に、不思議と居心地の良さが醸し出されたこの「華厳の間」のインテリアデザインを創作、演出したのは他でもない、明日の宴の主賓、常盤茉莉だったのである。

主催は茉莉の夫、浩介が経営する株式会社「おしゃれ倶楽部」である。

当日のパーティーは、総支配人の村越自らが先頭に立って演出し、運営してくれることになっていた。茉莉が信頼して任せることができるのも、小さい時から気心を知り合った一平なればこそだった。

いつだったか浩介が村越を尊敬していると言った時に、村越のどこを？　と浩介に尋ねたことがあった。

「うん、あの自然体がなんともいえない。人を安心させるものをあの人は持っている」

それが、浩介の返事だった。

村越はサブ・マネージャー、川村公子を連れて入ってきた。

「この人は、〝住まい環境の理論とその構築〟とかいう、小難しい学問を専門に勉強してきた娘《こ》で、ぜひ大澤先生、いや常盤先生にお会いしたいというので、一緒に連れてきた」

村越から紹介されて挨拶をした公子は、二十歳代後半と思われる。茉莉はどことなく幼さが残る公子に好感を持った。公子を選んで伴ってきた村越に、この人らしい心の遣い方だと思うと、昔から変わらない一平の人の好さに思わず口元が緩んでしまった。

「いやあ、それに、いくら幼友達だからといって、ご婦人独りの部屋を訪問するのは、仕事とはいえ、僕一人では、なんだから……」

「それで、このお嬢さんについて来てもらったというわけ。頼りない上役で貴女もたいへんね」

公子は黙って笑っていた。

「明日、皆さんがこの部屋にもいらっしゃるでしょうから、少し、部屋の飾りを変えましょう。本来ならば、お客様がいらっしゃらない時にするのですが。

この川村君はいい感覚を持っています。どうか彼女のインテリア・ディレクターのセンスを見てやってほしいのです。ホテルでは主だった部屋のデコレートは全部、川村君に任せています。川村君、それじゃあ、仕事に取り掛かっていてください」

村越はそういいながら、茉莉を誘って夜景の見える窓辺に歩み寄っていった。

「高いところから、たまには下を見てみるのもいいものだわ。今、ここからの眺めを見ながら、いろいろと考えていたの。過ぎ去った時間とか、突きつけられている現実とかがよく見えて」

「僕なんかも、よく、この五十階の窓から外を見ることがある。よもやこんな高いところから自分たちが生まれ育った街、生きてきた街を、見下ろす建物ができる世の中が来るなんて、思いもよらなかったね」

「本当に。すばらしい時代になったわ。あの焼け跡だらけだったこの街がね」

「食べていくことだけを必死に考えていた時もあったねえ。

僕はあの三月十日の空襲の後、何日か経って、親父に連れられ秋葉原駅の高いホームから見たんだ、一面に煤けた東京の下町を。まだ四歳くらいだったけど、子供ながらに見たあの光景が、今でも目の奥に焼き付いている。親父が肩車をして『ほら、海が見えるだろ』と言って。高さは今と比べものにならないけれど、有明の海がすぐそこに見えていた。よくぞ、あの灰塵の中から立ち上がってきたものだ、この街も人も」

「私たちって、強かったのね。きっと」

「茉莉さんは特別だよ。あの泣き虫で、よく虐められていた貴女が……。

それにしても本当によくぞここまでがんばってきたね。頭が下がるよ。男とか女とかいうのでなく、独りの人間の生き方として、心から尊敬するな」

「ありがとう、素直に聞けるから不思議ね、一平さんにそういわれると」

二人はリビングルームに戻り、ソファーに向き合って腰をかけた。

「還暦かあ」

村越は考え深げに遠い目をしていった。

「十二という歳の一区切りを、五回も巡って来たんだね、お互いに」

「五巡り目で、やっと花が咲いたの、遅咲きの花が」

「茉莉さん、芙蓉の花が好きなんだってね」

「誰に聞いたの、よく知っているわね」

「いや、ご主人が、明日のパーティー会場を飾る花に、芙蓉の花があったらボリュームいっぱいに飾ってくれと言われて、その時に伺ったんだ芙蓉の花だってことを。常盤さんは茉莉さんのことを一途に思っているんだね。茉莉が喜ぶ顔をいつまでも見ていたいと言っていた。それが少しも気障《きざ》でないのがいいんだな。あの風体で、はにかみながら言うところがまたいい」

「恥ずかしいわ、あの人そんなことを言っていたの。おかしいでしょ、一月一日生まれの私が、夏の花が好きだなんて。でもね、芙蓉という花は、蓮の花の異名でもあるのよ。だから私は泥の中に咲く白蓮も好きだけど、芙蓉の花の清楚で儚げな優しさが大好きなの。淡い紅色をしているけど、強い夏の日差しの中で、凛《りん》と太陽と対峙していて、その健気《けなげ》さに見習うところがいっぱいあるわ」

川村公子が茉莉に何かお飲みになりますかと聞いてきた。

村越が温かい紅茶を入れてくるように言いつけると、公子はルームサービスに電話をかけにいった。その後ろ姿を追っている茉莉の眼差しはなぜか和んでいた。

「あの年頃は、一番輝いているわね。特にあの娘《こ》は、心の素直なところがよくわかるの、備わっている人柄の良さが表面に滲み出ていて。あの娘は合格よ。ずっと今のセンスのままでいてほしいわね」

茉莉は村越に尋ねた。

「貴方、覚えている？　ほら、学校に劇団が来て芝居をやったじゃない。あの時の劇を」

「そんなことあったね。当時は今と違って、これといった娯楽もなかったから、よく校庭で夕方から映画会なんかもあったし。確か劇団がきたようには覚えているけど、何の芝居をやったのか、誰が来たのかまではとても覚えていないよ。僕がボケたのではなく、それほど印象に残っていないということだ」

茉莉ははっきりと覚えていた。というよりも、その時の、劇の中で使われた台詞から受けた感動をずっと持ち続けてきたからだ。

茉莉たちが小学校の高学年の時に、学校に「長門美保劇団」がやってきて劇を上演した。演目は確か『どろかぶら』という題だった。劇は時代を反映してか、貧しさの中から立ち上がって強く生きていく少女の物語だった。劇の中で茉莉が特に印象深かったのは、貧しさと醜さで周りの者たちから虐められていた孤児《みなしご》の少女が、いつか自分も美しくなって、幸せになれるように願っていると、ある日、旅をする老人から、その願いを叶えたいのなら、これから言う三つのことを実行してごらんと教えられる場面があった。

それは、「いつも笑顔を絶やさず、にっこりと笑うこと。次に、いつも他人の身になって思ってやること。そして最後の三つ目は他人のためになることをやること」で、この三つを実行していればきっと大きくなって幸せがくるし、美しい人にもなれる、そう言ってその老人は去って行ってしまうのである。

少女はその日から老人に教えて貰った三つのことをいつも心がけ、必死になって実行して毎日を送っていると、次第に虐める人もいなくなり、それればかりかある時、池の水に映った自分の顔が変わっているのを見て驚いてしまう。今まで見てきた醜い顔はどこにもなく、そこにはそれはきれいな美しい少女の顔が映っていたのである。当然その後、少女は幸せを掴むことができた、という筋だった。

茉莉は主人公の少女に自分の姿を重ね合わせていた。孤児ではなかったものの痩せて背も小さかったので、茉莉に意地悪くする者がいた。やり返したくても、口でも力でも敵いはしないのは分かっていたので、茉莉は相手に抗《あらが》うこともせず黙って耐えていた。それに、相手になればなるほど、次々に自分に向かってエスカレートしてくる相手の意地悪さと争う自分が嫌だった。これが茉莉の本質だったのかもしれない。自分を知っている茉莉が、自分を守る最上の手段は、どんなに虐められても、じっと耐えることだった。耐えていれば相手はそれ以上気を高ぶらせることなく、いじめ甲斐のない茉莉を放って置いて通り過ぎていってしまう。茉莉はそれでよかった。惨めだとは思わなかった。いつか自分には幸せになる時がきて、みんなから虐められないばかりか、羨ましがられるような日がきっとくると思っていた。

そんな年頃に出会った『どろかぶら』の劇に茉莉が感激をしないわけがなかった。

劇の三つの約束事は、茉莉がこれまで歩んできた中で、何かしら苦しいことが起こるたびに自分を戒める糧として、希望の灯として心の支えにしてきた。

川村公子がジャスミン・ティーを入れて戻ってきた。二人の前にティーセットをそっと置くと、公子は床に膝をついて茉莉のカップにティーを注ぎだした。公子の躾のいい所作をみて、さすが村越の教育は行き届いていると思った。

公子の目線が自分と同じところにある。茉莉は公子に聞いてみた。

「芙蓉の花は、あったのかしら？　もちろん今の季節では手に入れることは難しいわよね」

「はい。常盤様からなんとか手に入らないものかとご依頼がありました。生花はとても無理ですので、アートフラワーならいかがかと思いまして、ご主人様にお伺いしましたところ、それでもいいとお許しを頂いたのです」

「アートフラワーって、造花のこと？」

「はい、造花といえば造花です。でも、フランスのフラワーデザイナーのエミリオ・ロバがシルクで造る花は、クチュール・フラワーと申しまして、色も形も品よくデザインされて、もう芸術品といえるものなのです」

「どんなお花でも造れるの」

「いいえ。エミリオ・ロバがデザインする花は洋花ばかりで、芙蓉とかテッセンなどの和花は残念ながらありません」

「あら、あら、それは困ったわね、ごめんなさいね、わがままなことを言って」

「いえ、とんでもありません。何とかしようとすることは楽しいことですから。あら、すみません、生意気を言ってしまいました。そこで国内でそれと似た手法で、創作花を造る方がいないかと探してみましたら、いらしたのです、ひとり。橘かおるさんという方が」

話の続きを村越が引き取った。

「そう、かおるさんっていったな、川村君が探してくれたその方は。

貴女の還暦の祝い事に飾りたいといったら、わが国インテリア・コーディネーターの草分け、大澤茉莉先生のためなら、芙蓉の花は今まで造ったことはないが、是非造らせて頂きますと快く引き受けてくれたんですよ」

「ありがたいわ、きっと川村さんの熱意がその女性に通じたのね」

　村越と公子は顔を見合わせて笑いだした。

「何か、おかしいことといったかしら、私」

「失礼しました。先生も総支配人と同じ勘違いをされたものですから。その方、男の方なのです」

「あら、だってかおるさんというお名前でしょ？」

「かおるは、かおるでも薫という一字だそうだ。まあともかく、アートフラワーといえども芙蓉の花がこの冬の最中に咲いているのは、うちのホテルだけだろうね」

「川村さん、ありがとうございました。常盤が一番喜びます」

「いえ、私は何も、お客様に喜んでいただけるのが、私たちの仕事だといつも総支配人から教えられていますから」

「うちの会社で、早速この芙蓉の花のエピソードを社員たちに話して聞かせようと思うの、なんとかするという強い気持ちを持って事にあたったら、なんとかなっていくいい譬《たと》え話としてね。いいかしら一平さん」

「さすが、茉莉さん、ただでは聞いてないと思ったよ」

それから、十分ほど明日の打ち合わせを三人で話してから、村越と公子は茉莉の部屋を出て行った。

ベージュ色をした一時代前のやや重量感のある電話機が茉莉を呼んでいた。その音の主は浩介に決まっていた。

約束どおりの時間に一分一秒の狂いもない。まるでタイマーをセットしておいたように、忠実顔でその電話機のコール音は茉莉を呼んでいる。

茉莉は三度目のコールが鳴り終ると受話器を取った。それより早くても遅くてもいけない。これは二人の決め事だった。

几帳面な性格の浩介は、自分で決めたことは厳格に守ろうとしたし、人にもそれを課した。少しでも約束事を違えると、浩介が納得のいくまで説明が必要なのである。

受話器から浩介のぶっきらぼうな口調が聞こえてきた。他人行儀な話し方からすると側に誰かいるようだ。十時にはホテルに入れるので一緒に食事をしたい、だから下のロビーに降りているように言っている。

茉莉は短く事務的に「わかりました」とだけいって電話を切った。

茉莉は電話嫌いだった。嫌いにさせられたといったほうがいいだろう。金きり声を上げて自分を呼ぶコール音にろくなことはない。それは一種の恐怖心になり、茉莉の心の中に深い傷となって残っていた。

# 二章　出会い

早春だった。

雛の節句の飾り物をかたづける間もなく、茉莉の最初の夫、大澤保が逝った。十年間、病と闘ってきた甲斐もなく、あっけない命の閉じ方だった。

茉莉、四十一歳、初めて自分の周りの近しい者、それもよりによって、十八年の歳月を共に暮らしてきた夫との別れである。

告別式の後、旧江戸川のほとりにある東京都が運営する瑞江《みずえ》葬儀所に夫を運んだ。

茉莉は保が灰になって還ってくるのを待つ間、川原の土手に独り出てみた。

土手から見下ろす葬儀所の構内は、深い木々に囲われ、その森の向こうに白い煙突がやけに青い空に向かって突き出している。

茉莉は煙突の先から、うっすらと一筋の煙が上がっているのを見た。勢いよく立ち昇るでもなく、あたりを窺うように遠慮がちに棚引く白い煙は、吐き出し口から出るとすぐに消えていく。

茉莉は、夫の保だ、と思った。

そう感じたとたん、胸が締めつけられてきた。涙が溢れ溢れて止まらない。「死んだ後まで周りに気を遣うことはないのに」と煙に言ってやった。普段から自分たち親子に逆らいもせず、黙々と静かに生きていた夫がかわいそうに思えてならなかった。茉莉は頼りなく、見失ってしまいそうな白い煙にいつまでも夫を偲んだ。

茉莉ひとりの野辺送りだった。

足元を見ると、柔らかな日差しを求めて頭を持ち上げた土筆《つくし》が、小指ほどの大きさに伸びている。その新しい命が自分に悔やみの言葉を言ったような気がした。

茉莉は胸に膨らんでいる塊ひとつを大きく吐きだすと、土手を降りていった。

茉莉が東京深川、門前仲町で生まれたのは昭和十六年。その年の暮れにはアメリカと大きな戦争が始まった。

父の大澤富蔵は深川者で建具と家具を造る二代目、根っからの職人だった。家は二階家で小さいながらも父が造る小箪笥や水屋を店先に並べ商いもやっていた。

二人姉妹の妹佳代は、生まれつき気管支が弱く、母美津の手は佳代にかかりきりだった。その為、茉莉はいつも独り遊びをするか、本を読むか、とにかく母の手を煩わさないことだけを子供心にわきまえた、おとなしい代わりに芯が強く、何でもいつのまにか自分でさっさとやってしまう娘だった。

戦争が終わり、大陸から帰ってきた富蔵は左手に傷を受け、以前のようには手早い仕事は出来なくなっていた。それでも家族四人が食べていくためには、他に何ができるというわけでもなし、家業の家具職を細々と続けていくしかない。

茉莉たち一家の暮らし向きはかなり苦しかった。といって周りを見ても、楽に暮らしているような家は余りなく、隣同士がお互い様を見せ合う生活は、気取りも、衒《てら》いもなく、それが下町暮らしの良さであり、当たり前の姿だった。

深川は運河に囲まれた街である。

〝大川〟。土地っ子は隅田川をこう呼ぶ。大川に掛かる永代橋を渡ると、すぐ上流左手が佐賀町。ちっぽけな大島川を渡れば永代、福住、門前仲町、富岡、深川、冬木の六町が大横川、平久川、仙台堀川の運河に囲まれて島を作っている。

このあたりは江戸の昔から生粋の下町である。

土地の者はぶっきらぼうで、頑固を売り物にしているような者が多いが、人情は人一倍厚い。

門前仲町、深川不動堂に続く参道、通称〝ご利益通り〟で戦前から煎餅を焼いている老舗の主人に深川気質を聞くと、

「一度、胸を開いて付き合うと、もう大丈夫。多少しくじったって、時にゃいいかげんなことをやっても、大目に見てくれるってこと」

と歯切れよくまくしたてる。主人の深川自慢はとめどなく続く。これが下町の人ということなのだろう。

人の弱みには付け込まないし、先刻事情は承知なのに知らん顔をして、見て見ぬ振りをしていてくれる。そういう粋な思いやりを持ち合わせている。だからといって山の手の人のように他人行儀なんかではなく、頼まれたり、頼られたりすれば身内だろうが他人だろうが、分け隔てなく面倒をみる。とことんみる。身上《しんしょう》が傾こうがみる、と話す。

「まあ、いいやな、お天道様とお金《あし》は天下の回りもんだあなって、よく言うでしょ」

などといってくよくよしないそうだ。そんな江戸っ子気質を頑なに守ろうとしている人が多い。

戦争が終わって九年目、ようやく落ち着きを取り戻した深川の町に、今年も夏の入りがきていた。

川から吹き上がってくる風が、普段にも増して生暖かく湿っぽい。平久川にかかる汐見橋の上に立つと潮の香に混じって、木挽きの饐《す》えた臭いがしてくる。

そこが木場である。

汐見橋の欄干にもたれて、茉莉は今にも降り出しそうな空を気にしながら、先程から父の帰りを待っていた。小学校の六年生になった茉莉は華奢な体つきのせいか、とても来年中学に上がる子には見えない。

茉莉は運河の縁に泳ぐ小魚の群れを見ていた。水面には石垣が映り、水の中には川底に沈んだ小石やゴミが見える。

濃緑の背をした小魚たちは目を凝らしていないとすぐにどこかに行ってしまう。茉莉はさっきまで見ていた小魚たちが、自分がふと水面に揺れる石垣の模様に気をとられている間に、どこかに行ってしまって見失ったのが悔しくて、必死に水面を見つめていた。

茉莉は急に後ろから両の腕《かいな》をきつくつかまれた。

驚いて振り向くと、怖い顔をして同級生の村越一平が立っていた。

「痛いなあ、なにするのよ、手を離して！」

一平は大柄で相撲取りのような体格をして、町内ではガキ大将で通っている。茉莉と同じ富岡町内で、家は茉莉の家のはす向かい、鳶の頭の三男坊、幼馴染だった。

「馬鹿な真似、すんじゃねえよ」

一平はまだ怒った口調である。やっと手を放した一平に向かって茉莉は悪態をついた。

「馬鹿はそっちでしょう、後ろから脅かしてさ、頭《かしら》に言いつけるからね、帰ったら」

茉莉の剣幕に一平はきょとんとしている。

「だって、お前、今、川ん中をじっと覗き込んで、今にも水ん中に入りそうな顔をしてたんだぞ。だから俺っち、隣近所のよしみで止めてやったんだ」

茉莉は一平の粗忽さにあきれるやら、早合点が面白いやらで、腹が痛くなるほどその場にしゃがみこんで笑い続けた。

一平はそんな茉莉を、まだふくれっ面で見下ろしている。

「ありがとう。心配してくれたんだ。それなら許してあげる。お父ちゃん待っていたんだもん」

「なんだ、そうか。俺はまたお前が意地の悪い由紀たちに除《の》け者《もん》にされて、そいでもって早いとこ、あっち河岸《かし》に逝っちゃおうと、水の中見ているのかと思ったぜ」

「早とちりだよねえ、一平君も。馬鹿言ってんじゃあないわよ、こんな、すぐ底が見える川に入ったって、ごみだらけになって上がってくるのが落ちよ。

それに私はこう見えても深川っ子よ。そんなどじ、やりっこないじゃない。ご近所に迷惑のかかることはしちゃあいけないって、お母ちゃんから耳たこで聞かされて育ってるんだから」

「判ってらあ、でも……今日は何であいつらに除け者にされていたんだ、お前……」

「ううん、いいのよ。したい人にはさせておけば。私何ともないから、独りでも」

「そこがかわいげがないってんで、余計にあいつらは……」

「だって、勉強にしても、口でも敵わないし、だからといって力ずくというわけにはいかないでしょ。それに言っていることはまんざら嘘じゃあないし。だから、ほっとけばいいのよ。いつか自分が言っていたことが、ひどいことを言ってしまったと判る時がくるから」

「茉莉っぺは形《なり》が小さいくせに、ずいぶんとわかったような口を利くじゃないか」

一平は茉莉を小さい時から呼んでいる愛称で呼んだ。

汐見橋の下をぽんぽん蒸気船が筏を曳いて通っていく。五連も繋がった筏の最後尾には川並の年寄りが座ってタバコをふかしている。

八月十五日、深川の町は祭り一色になる。

深川の人間は一年中、祭りのことから頭が離れない。俗に〝水かけ祭り〟〝御輿の深川〟といわれる深川の祭りは、富岡八幡宮の大祭で、その起こりは寛永十九年（一六四二）の八月十五日、将軍家光の長男、後の家綱の世継ぎ祝賀を行ったのが最初といわれている。

「セイヤ、セイヤなんて腹に力が入らなくて、ありゃ駄目だよ。やっぱし、掛け声はワッショイ、ワッショイじゃなくちゃ足が前に進まないよ」

と常日頃から鳶の頭が言うのを茉莉は聞いていた。今日でもここの御輿は「ワッショイ、ワッショイ」の掛け声が頑なに守られている。

はちまきにしてもそうだ。

「深川の向こうはちまき、神田の後ろばさみ」といって、土地っ子は「前で結ぶのが本筋」と言い張る。

各町内揃いの印半纏《しるしばんてん》を誂え、これが〝祭りの通行手形〟となって、半纏を着ていなくては御輿に触ることも出来ないしきたりになっている。

木遣《きや》りと共に行列の先頭を行く〝手古舞《てこまい》〟は、昔は深川芸者に限ったものだったが、茉莉たちが年頃の頃は、芸者衆の数が減ったためか一般の家庭の娘さんたちも参加するようになった。

八月、夏、真っ盛りの祭りだから暑いことこの上ない。どういうわけか、この日は例年、空は抜けるように青く澄み一叢《ひとむら》の雲もない。スカッとして小気味の良い暑さである。

手古舞に参加するために女の子たちは、何日も前から汗だくになって太鼓の稽古やら、歩き方の練習をしなければならない。衣装代も自前である。

茉莉もこの手古舞に参加するため、母の美津と仲の良い踊りの御師匠《おっしょ》さんの所に通っていた。茉莉は音感の筋が良かった。撥《ばち》さばきもすぐに呑み込んで、年上の人たちに遅れないでついていけた。ところが茉莉と同じクラスの早乙女由紀は、顔立ちは化粧映《ば》えのする娘だったが、どうも音の質がよくない。リズム感がないのである。勉強は出来たので、由紀の周りは取り巻きが多かった。その由紀が茉莉をやっかんだ。

茉莉が手古舞に着る衣装を、年恰好が同じくらいの娘を持つ踊りの師匠が、家計の苦しい大澤の家を慮《おもんぱか》って茉莉に一揃え貸してくれるというのである。

由紀はクラスの女仲間にそれを告げた。

「何も借りてまで祭りに出ることはないのにねえ」

それを人づてに聞いた茉莉は悲しかった。わが身の貧しさにではなく、それを言う由紀の心の貧しさを哀しんだ。茉莉は聞こえてくる陰口にもいじけないで、平気な顔をして稽古に励んでいた。

「今年の子供御輿の鼻は俺が取るんだ、冬木の町の連中には負けられないから、威勢良く担いでみせるよ。だから、茉莉っぺも手古舞の行列では先頭を切りな、いいか約束だぞ」

茉莉は自分に立てられている陰口を一平が知っていると思った。知っての上で、そう言って励ましてくれていると思うと、小さな胸が苦しくなるほどいっぱいになった。

茉莉は固く口を引き締めて、黙って頷いた。

「父ちゃん、じきに帰ってくるよ。俺、急いでっからよ、使い頼まれてたんだ。あげまんじゅう買って来るように。じゃあな」

一平はいなせを気取って、片手を挙げると、お不動様のほうに駆けていってしまった。

夕方頃になって顔を出した夏前の薄日が、大川のほうの空を茜《あかね》色に染めていた。


茉莉は中学を卒業すると、すぐに木場の材木問屋に就職した。勤めに出る前の晩、母の美津が茉莉にすまなそうに言って聞かしていた。

「判ってくれるね。家では上の学校にやってやれないことを。父ちゃんの腕も前のようには動かないし、今は昔からのお得意さんが、期限なしの仕上がり払いで面倒見て下さっているから、こうやって私たちも暮らしが立っているけど」

「うん。わかっている。それに私、学校の勉強あまり好きでないし。早く社会に出て、事務のような仕事をやりたいと思っていたんだ」

「気の回る子だからね、お前は。私はお前を上の学校にやってやりたいのは山々なんだけど、お父ちゃんが、世間様に面倒かけているのに、その上、娘を学校に行かすってえのは、世間様に申し訳が立たないって言うんだよ」

「わかってるって。なるようにしかならないんだから、下手にあがいたっていいことないもん。そのうちきっといいことが回ってくるわよ」

「町っ子だねえ、あんたも。楽天家というかなんていうか」

「だって、私、今にきっといいことがある。幸せが来るって気がしてるんだもの」

「お生憎さまだね、こんな家に生まれてきてしまって。お不動様に願でもかけたのかい」

「ううん。私の感よ」

茉莉は川一つ渡った木場の老舗「平河木材」に通いだした。仕事場には茉莉より三つ年上の池田佐知子という先輩がいて、茉莉にお茶の淹《い》れ方から、電話の受け答え、簡単な帳簿のつけ方を教えてくれた。佐知子は平河の家の姪っ子で行儀見習いついでに事務所を手伝っている。

平河の主人、銀次郎は茉莉の父、富蔵とは「睦《むつみ》」が一緒で少年の頃からつるんで遊んだ兄弟同然の人だった。

「睦」とは深川界隈独特の若者たちの集まりで、青年会と同じ意味だが、なまじの青年会よりも強い心意気で結ばれていた。この睦が深川の祭りを支える支部にもなる。

祭り事を通して深川には縦横に若者たちの連絡網が出来ていて、睦の中の序列、決め事が、ここで暮らしていく限り終生守られている。睦の仲間内では人生のあれこれを相談しあったり、面倒見たり見られたりでお互いを助け合う。何よりも「筋」を守ることを大事にする。だからことさら「筋違い」を嫌う。筋違いは一番のタブーである。年長の者から「そいつは、筋がちがうぜ」と判定を下されたら、それっきりだ。

「茉莉坊、馴れたかい、気い張らないで気楽におやりよ。わかんねえことあったら、そこにいるおかちめんこに何でも聞きな。そいつは、顔は悪いが気風《きっぷ》はいいからよ」

「まあ、おじさんたら言ってくれるわね。ご面相のことはおいといてよ。私たち若い者が揃ったんで、現場に活気が出たっておばさんが言っていたわよ」

「そうか、佐知にそうでもいわないと、機嫌よく働いてもらえないからな、家の奴もよく知っていやがる。茉莉坊そういうこった。まあゆっくりと慣れていくこったな」

銀次郎は茉莉を見かけるたびに必ず声をかけていってくれた。

「平河木材」は銀次郎で三代目になる。祖父の名は金太郎、父は金次郎、そして三代目がどういうわけか銀次郎である。先代が一時、知り合いの保証人になって判をついたばかりに家業を傾けた。その頃に出来た子が銀次郎で、金の字をつけることを遠慮したという。

それを大きくなって聞かされた銀次郎は、

「金より格下の銀なんだから、ひっくり返りでもしなけりゃ成り金にはなれねえや」

といって仲町あたりの芸者と遊びほうけたという。その頃からの遊び仲間が茉莉の父、富蔵だった。

「近頃の者《もん》は、門前仲町のことを〝モンナカ〟なんて呼びやがる。嫌《や》だね、甘い菓子みたいで、粋じゃねえやな。そんな呼び方をするのは余所者《よそもの》だよ。土地っ子は昔からちゃんと〝ナカチョウ〟といってるんだから」

銀次郎は自分の遊び場が、筋の通らない呼び方で呼ばれているのが気に入らない。


深川、門前仲町はかつて花街だった。昔は岡場所といって、官、公認の男の遊び場といえばわかるだろう。

昭和三十三年、売春禁止法が施行されるまではそれは元気な街だった。

深川の花街は、富岡八幡宮へ参詣する人たちが休憩するための、腰掛茶屋から始まったといわれている。

初めは渋茶一杯のお休み所、それが軽い食事を出すようになり、酒席になっていくと、酒席に興を添えるのはなんといっても女。そこで酌をする女を置くようになり、しまいには音曲が出来、舞も舞える芸妓を抱えるようになる。それが発展して八幡様門前の仲町になったといわれる。

仲町はおきゃんで粋を誇る〝辰巳《たつみ》芸者〟の故郷である。

茉莉が深川不動堂の裏手にある小学校に通った頃にも、同級生の女友達の中に、「やがて芸者になる身」の娘が何人かいた。

その娘たちが、芸者の置屋に仕込みっ子として、北陸などから〝売られてきた〟と知った時、茉莉はショックだった。食い扶持減らしのために、身代金でやり取りされるというのを聞いてまた驚いた。

ある日、茉莉が学校からの帰りに、一軒の置屋の前を通りかかると、同じクラスの子の名前が大きな声で呼ばれている。表まで聞こえてきたその声は、どうやら厳しくその子を叱っている様子。叱り声に混じって〝パチン〟と頬を打つ音を聞いた時、茉莉は耳をふさいで駆け出していた。

茉莉がその話を銀次郎にすると、

「そんなことは年中だったさ、おじさんたちが子供の頃は。だからよ、大人になって芸者がはべる席に遊びに行っても、なんかなあ、つい友達がいるような気になって、悪さもできなければ、馬鹿にすることなんざ、とんでもないことだったんだよ。お前のお父ちゃん富さんも、それは遊びがきれいだったね。おっと、こんなこと、母ちゃんに言うんじゃないよ」

しばらく茉莉たちを相手に昔語りをした銀次郎は、貯木池に帰っていった。

不動堂前の空き地に店を張った屋台が釣忍《しのぶ》と風鈴を売っている。その隣では金魚すくい屋の若い衆が、今にも降り出しそうな真っ暗な夕空を見上げていた。

「こりゃあ、一雨来るな、これから商売の華だって言うのによ」

「一雨かい、いいね。こう蒸し暑くっちゃあかなわないよ、そいで終いにしてほしいもんだ」

遠くの空で雷が鳴っている。

「おお、派手に雷公が走り回っているわ、あれは、亀戸あたりだね」

「するってえとそろそろだよ、こっちに来るのも。亀戸、高橋《たかばし》、仲町とくりゃあ雷様の通り道だぁな」

「さあ、夏が始まるよ、深川の夏が。ぴかっと光ってざあっと降った後、ごろごろって鳴ったら鳴り上がりだ。うっとうしい梅雨とおさらばして、夏の始まり始まり」

茉莉、二十歳の夏が来ていた。

小柄だが、均整が取れた茉莉の娘姿は、通り過ぎる若い男たちを振り向かせるほどになっていた。茉莉は「平河」の勤めが五時で終わると、夕飯の支度を済ませた後、二時間ほど仲見世通りの菓子屋で売り子として働いていた。富蔵の稼ぎがおぼつかなくなっていたからだ。店先に並べた小家具の茶箪笥、鏡台などは、仲間内から回してもらって、美津と佳代が店番をして切り盛りしていたが、親子四人が暮らしていくには、茉莉の稼ぎに頼らざるを得なかった。

それに茉莉は近頃、琴を習い始めていた。銀次郎が、稽古事くらいのお金は出してやるといって聞かなかったが、普段から充分にしてもらっているので、それ以上、茉莉は甘えたくはなかった。

不動堂の仲見世通りには、震災、戦災、そしてついこの間、深川を襲っていった狩野川台風の大水にもめげず、創業以来の暖簾を守る店が数多くある。特に花街と門前町という土地柄、特徴ある甘味処が味を競っている。

茉莉が手伝いに出た店のはす向かいには、大正六年から続く『観月堂』があって、ここは〝あげまんじゅう〟で有名だった。サクッとした何ともいえない歯ざわりの良い皮に、絹のような舌触りの餡が何ともうまい。揚げてあるのにしつこさがないから不思議だ。

茉莉が店先に立っていると、観月堂の主人が声を掛けてくる。

「見目《みめ》のいい娘《こ》が、表に立っちゃ駄目だよ、お客がみんなそっちに流れちゃうから。看板娘は店の奥に入ってな、奥に」

茉莉をかまってのいつもの軽口だ。

「あんた、富さんとこの上の娘《こ》だってね。いい娘さんになったねえ。お父ちゃん元気かい」

「はい、ありがとうございます。ここんとこ祭りが近いもんで、こうして寝ちゃあいられないって、起きだして、小さな仕事を片付けたりしています」

「やっぱり深川者《ふかがわもん》だねえ。祭りと聞くと血が騒いでくるんだな。深川育ちの人間はね、おもしれんだよ、どこか遠くに引っ越しても、八月十五日になると、必ず祭り提灯を玄関先に掲げるそうだ。そんなことが、こないだの新聞に出ていたっけ」

「おじさん、お客さん！」

「おっ、いけね。まあお父ちゃん大事にしなよ。何かあったら言っておいで」

昭和三十八年。梓みちよが歌う『こんにちは赤ちゃん』が町のあちらこちらから聞こえて来る。

茉莉は勤めへの行き返り、知らないうちにこの歌を口ずさんでいる。家から歩いてわけない距離にある「平河木材」まで、この歌を二番まで歌って歩くと着いてしまう。歌に合わせて歩調をとるとなんとも調子がいい。黙って歩いていると、何か忘れ物をしてきたような気になる。

平久川を鶴歩橋で渡って消防署の前まで来ると、目の前に木場の貯木池が広がっている。このところ下町では川の水の汚れが目立ってひどくなってきていた。風向きによっては、腐った玉葱の臭いが木場にも漂ってくる。大川端の浜町公園あたりの家では、アルミ製の枠が妙に黒ずんで仕方がないと、事務所にきた客がこぼしていた。

茉莉が「平河木材」に勤めて六年目が経とうとしていた。

世の中が落ち着いてくると、新築する家も増えそれにつれて会社は忙しくなり、銀次郎のところでも新しい木材加工工場を枝川町に新築していた。

先輩の佐知子はそっちの事務にかかりきりで、木場の本社は茉莉が事務全般を仕切っていた。

呑み込みが早く、機転の利く茉莉を銀次郎は重宝にして、今では茉莉がいないと「平河」の看板が掲げられないというほどである。

口さがない川並などは、「お嫁にいけなくなっちゃうよ、こんな木屑の中にいたら」なんていってくれるが、茉莉は木場が、それに何よりも深川が好きだったし、事務の仕事がこれほど自分に向いているとは思わなかった。帳簿をつけていていても、その日に片付けることはその日で済まさないと気が収まらない質《たち》だった。

仕事に余裕が出てきた茉莉のそんなある日、社長の銀次郎が持って帰ってきた一冊の雑誌に茉莉の目がいった。本の表紙には、白木で造った部屋に緑の鉢物が飾られ、テーブルクロスは赤いギンガムチェック、その上には洒落たコーヒーカップが置いてある写真がでている。

大判の雑誌はまるで外国の本のようである。表紙には「美しい部屋」とあった。

この本との出会いが、茉莉のこれからの人生を大きく変えることになろうとは、この時にはまだ茉莉自身も気づいていていない。

茉莉はその雑誌に夢中になった。もちろん仕事中には目もくれないが、昼の休みや、三時の川並さん、職人さんたちとのお茶の時間などは、少しの間を惜しんで本の頁をめくっていた。

その中で特に茉莉が気に入った言葉があった。そこには

〝部屋は住む人の個性をあらわす。人柄が部屋を演出する〟

と大きな文字で書かれてあった。そんな茉莉の姿に目をとめた銀次郎が、声を掛けてきた。

「やけにその本にぞっこんだねえ。このところ」

「はい。こんなふうに家の中をきれいに出来たら、どんなに毎日が楽しいかと思って」

「ちげえねえ、よく出来ているよ、その本は。住む者の夢をつかんでいやがる。これからはどんどん暮らしに余裕の出てくる家が多くなるから、器の外側もだが、中身も考えた家造りが盛んになる時代がくるだろうよ。世の中どんどん変わっていく、お前たち若い者の時代だっていうこった」

「私、もっと勉強しておけばよかった、本はたくさん読んで好きだったんだけど」

「なあに、今からでもちっとも遅くはねえよ、時間はたっぷりあるんだから。よし、その本、毎月とってやろうじゃないか。仲町の本屋、あそこに注文しときな。毎月届けるように」

「え、いいんですか、ありがとうございます」

「いいってことよ、それに格好もつかあ、洒落た本の一冊や二冊、事務所にあれば。茉莉坊さえよかったら、持って帰って家で見たっていいんだよ」

「きれいに見ますから、そうさせてください。私、この本で勉強したくなっちゃった」

　翌年の夏、東京は異常なまでの渇水で、深刻な水不足に悩んでいた。

八月十五日、富岡八幡の水かけ祭りも、本祭りの時は、威勢をつけるために、頭からずぶぬれになるほど御輿の担ぎ手に水を浴びせかけるのに、今年は町内のまとめ役から自粛のお達しが出て、どうも勢いが今ひとつである。

茉莉は富岡八幡様の祭礼に毎年お琴を奉納演奏する一員に入っていた。山田流箏曲の家元、三人姉妹を中心に総勢三十人の演奏は、スダジイの木々に囲まれた境内に一風の涼を渡らせ、表通りの喧騒が嘘のようである。

奉納演奏が終わって茉莉が家に帰ろうと、八幡掘に掛かる八幡橋（旧弾正橋）を渡りかけると、銀次郎が一人の若い衆をつれて向こう側から渡りかけてきた。

弾正橋際の家の垣根に、のうぜんかずらの花が夕陽に染まっている。

「おお、いいとこであったな、今、茉莉坊ん家《ち》に寄ってきたところだ。以前からお父さんに頼まれ事があったのを、片してきたところだ」

「それは、すいませんでした。もう少し早く帰れるかと思ったら、話し込んじゃって、愛想なくてすいません」

「いいってことよ、それよか、うまく弾けたかい。茉莉坊は筋がいいって、稲沢の家元も言っていたから、俺も聞きたかったな。

それはそうと、こっちにいるのは中橋保っていって、若いのに腕のいい家具職人さんだ。

住まいは枝川町の工場のすぐ近くなんだが、日ごろから「平河」の仕事をしてもらっている。福島の二本松から出てきて三年、まだ独り身を託《かこ》っているんで、深川の祭りを見せてやろうと、今日は連れて歩いてんだよ」

銀次郎の後ろで中橋保は、先ほどからこれ以上汗をかけないといった風で、顔を真っ赤にしている。流れる汗を拭く手拭いはもうよれよれである。

茉莉は今、祭礼の奉納演奏の祝儀にもらった真新しい手拭いを保に差し出してやった。保はよほど暑かったのか、気が動転しているのか、赤い顔を余計に赤くして手拭いを受取ると、あろうことか表に巻いてある熨斗紙ごと額の汗を拭っている。熨斗紙には富岡八幡様の名前が墨で太々と書かれてあったからたまらない。保の顔から黒い汗が流れ落ち出している。

茉莉はその顔をじっと見ていたが、顔に墨の線が流れ出すと、もう駄目といった様子で赤い弾正橋から身を乗り出して笑ってしまった。銀次郎には後ろにいる保の様子がわからない。怪訝な顔で咎めだてする銀次郎に、茉莉は後ろを指差してまた笑い続けていた。

「なんてこった。その顔は、初めてだからってなにも律儀に墨引きしなくてもよさそうなもんだ」

銀次郎は肩一つゆすって笑うと、

「まあこういう男だ、これから木場のほうにも顔を出すから見知っておいてやってくれ」といって、保を連れて八幡様のほうに行ってしまった。

あの人、あの顔で町内を歩き回るのかしらと思うと、茉莉は自分が渡した手拭いのせいで、あの人が顔に墨を塗ったことに悪いことをしてしまったと思った。上紙を取ってから渡してやれば良かったと悔やんだ。色白で気の優しそうな、どこか深川の男たちと違った純朴さが、いつまでも茉莉の心に残った。

富蔵はこのところめっきり腕が落ちて、それを本人も気に病むのか、あせればあせるほど手先が震えるようになっていた。かといって家業を閉じるわけにもいかない。今まで周りから助けてもらいながらもやってこられたのは、少しばかりではあるが、富蔵が仕事場に下りていたから世間に顔が立っていたのだ。それがまったく駄目となると、店を閉じる他ない。銀次郎が相談に来たのはそのことだった。若い男を連れてきたのもその辺にワケありだった。

祭りが済むと、深川の町はとたんに静かになる。年寄りたちは「孫が帰った後の家の中みたいだ」といって寂しがる。そんな人の心を知ってか、店先や路地裏で軒忍《のきしのぶ》の風鈴が一つ鳴ると、深川の夏の終わりはすぐそこまできていた。

「平河」から帰った茉莉を珍しく母の美津が表に誘った。

母子二人っきりで仲見世通りを歩くのは久しぶりだった。不動堂の境内で線香の煙をしきりに体中に浴びせ、あちこちを擦《さす》っている母の姿に、茉莉は母の老いを見た。

〝深川の成田山〟と昔から親しまれている深川不動堂、南無大日大聖不動明王を祀るこの寺は、正式には「真言宗智山派・大本山成田山新勝寺・東別院・深川不動堂」と長ったらしい名前である。

永代通りに面した一つ目の鳥居をくぐると門前までの参道を仲見世通り、通称「人情深川ご利益通り」が通っている。毎月一日、十五日、二十八日は縁日で、参道には露店が並び下町情緒を溢れさせている。

美津と茉莉の二人はご利益通りに大正時代から店を張っている一軒の甘味処に入った。

「お母ちゃん、今日は私がもつから、好きなものを食べてね」

「おやそうかい、すまないね。家にいる二人になんだか悪いようだけど」

「大丈夫よ、帰りに最中でも買って帰るから。ところで何か大事な話？」

「あんたも、来年で二回り目だろ」

「なに、それ、どこを？」

「にぶい子だね。決まっているじゃあない、干支だよ干支、お前の」

「ああそうか、私、巳年だったよね。そうかもう二回りか」

「他人事《ひとごと》みたいに言うんじゃないよ、あんたの友達の中には、もう立派にお母さんやってる人もいるんだから」

茉莉はついこの間も、小学校の同級生、あの早乙女由紀にばったり表通りで行き会った。見違えるように落ち着いて見えた由紀は、ベビーカーにかわいい女の子を乗せていた。里帰りだという由紀は短大を出ると、すぐに普通のサラリーマンのところに嫁いだ。何でも由紀の夫は大きな家具店の営業マンらしい。佐伯由紀と名前も変わっていた。昔の思いはどこかにいって、懐かしさのあまり二人はしばらく立ち話をして旧交を温めた。

「あの人も人の親かあ」茉莉がぼんやりその時のことを思い出していると、

「それで、折り入って話があるんだよ、お前に。実は縁談なんだけど」

母の言葉に、茉莉は持っていた湯飲み茶碗を落としそうになった。


茉莉二十四の春。不動堂境内の梅のつぼみが赤い口をあけ出した頃、茉莉は中橋保と結婚した。介添役《かいぞえ》は銀次郎夫妻。富岡八幡宮でささやかながら式を挙げた。

茉莉より八つ年上の保は大澤の家に婿養子に入ってくれた。家業の家具屋をたたまないために。全ては富蔵から相談を受けた銀次郎の差配どおりにことが運んだのだ。

茉莉には何の不服もなかった。これといって思う男がいたわけではないし、好きな人を作って、家族を捨てて家を出るほど、茉莉は自分勝手な女ではなかった。深川で生まれ、深川で育った気質が茉莉の中に沁みこんでいたのかもしれない。

保は本当に大人しい人だった。父の富蔵に実の息子のように尽くしている。二階の若夫婦の部屋には、富蔵が寝るまで上がろうとしない。母の美津が気を回して、早く富蔵を寝かしつけようといつもの倍も晩酌を出すが、義理の父と息子は、いつまでも仕事の手間のことや、細工について自分なりの工夫を自慢しあっている。

茉莉はそんな父と夫、そばで世話を焼く母、黙って面白そうに聞いている妹の佳代を見ているのが好きだった。温かな家族があった。

保は夕方になると、必ず富蔵を近くの銭湯に連れて行く。それを日課にしているようだった。富蔵は昔から、お湯屋に行って、倅に背中を流してもらうのが夢だったらしく、毎日保とお湯屋に行くのを楽しみにしていた。

茉莉は保に感謝していた。どことなく頼りないようであるが、自分たち親子に気を遣ってくれているのがよくわかる。

「もっと、気楽にしていればいいのに」

と茉莉が言った時、保は、

「平河の社長さんに、約束したんだ。お前を泣かすようなことを決してしないって。それならお前が喜ぶことはなんだろうと思って……、俺には何もない。だからお前の親を大事にすれば、お前のすることの半分は俺が出来るわけだし……」

訥訥《とつとつ》と話す保の言葉を聞いて、この人はなんて心のきれいな人だろうと、茉莉は改めて保と一緒になってよかったと思った。あの夏祭りの出会いが取り持った不思議な縁を、茉莉は八幡様に感謝している。

新所帯を持った茉莉は「平河」には週二日出ればいいようになった。茉莉の後継ぎに雇った事務の女の子が慣れてくれるまで、仕事を放り出すことはできなかったからだ。

大澤の家は保が仕事を引き受けるようになって、なんとか目鼻が付いてきた。暮らし向きも以前のように近所に遠慮をしないでも、何とか隣付き合いが世間並みにできる。

保が富蔵にテレビを買ってくれた。

古びた家具の中で、一番えらそうに家の主のような顔をして納まっているテレビの前には、毎朝、富蔵と美津が行儀よく並んで座っている。二人はＮＨＫの「おはなはん」を観て泣いている、笑っている。

二人目の子供、勇輔を生んだのは茉莉が二十七歳の時だった。

家族が七人に増えた富岡の家は狭すぎた。そこで茉莉たち親子四人は仙台堀川近く、冬木弁天堂の裏に新築されたアパートに引っ越していった。

六畳二間と台所、トイレに小さな風呂も付いている。何より陽が良くあたる明るい部屋だ。引越しを手伝いに来ていた佳代が、

「姉ちゃん、いいね、いいね、新しいって、みんないいね」

と言って帰って行った。

茉莉は佳代がかわいそうでならなかった。佳代の体のためには、ここみたいに一日陽が差す明るい部屋に置いてやるのが一番いい。年を取っていく父や母にいつまでも佳代の面倒を見させているわけにはいかない。体の弱い佳代は中学校を出ると、美津の民謡会仲間の夫人が、深川二丁目で染物屋を商いながら、草木染めの教室を開いているので、店を手伝いがてら染を習っていた。

近頃、佳代の染める小間物や、手拭いは藍と柿色を主にした玄人受けする柄物で評判よく、仲町の料亭の女将《おかみ》さんたちから、名入りの物を注文されるようになっている。

茉莉は三つ年の離れた妹が、将来、独り身でもこれで食べていけるだろうと、安心はするものの、いずれは一緒に暮らさなければならないだろう、それが二人姉妹の姉の役割だと思っていた。

真新しい畳の匂いを嗅いだ茉莉は、自分の中に、一つの区切りができたような気がした。親たちから離れ、独り立ちするということは寂しくもあり、嬉しくもあるような複雑な気がしてならなかった。

茉莉たち家族が冬木のアパートに引っ越してから、一週間が経った。

親子四人で夕飯を囲んでいると、いつも何を食べても旨い旨いといって食べる保が、やけに口数が少ない。箸もあまり進まないようである。

「茉莉、夕飯はあっちで食わないか」

突然、保が茶碗を置いて言った。

「あっちって?」

「富岡の家さ。何食っていても味がしないんだ。いやね、お前の作ってくれるものが不味《まず》いって言ってるんじゃあないんだよ」

保が話すには、茉莉たち親子が冬木のアパートに移ってからというもの、富岡の家はまるで灯が消えたような家になっているという。先だって、保が寄り合いのあった帰り、ちょっと富岡の家に立寄ってみると、富蔵と美津が黙ってテレビを見ながら食事をしていた。その姿の淋しさといったらなかった。それを見た保は、何か自分のせいでこの二人に寂しい思いをさせてしまっているのじゃないかと思えて仕方がないというのである。

「よし、決めた。お母さんに言っといてくれ。明日の夕飯から親子四人でお邪魔しますって。食い扶持はこちらから持っていきますから、ご迷惑はかけませんてな。親にあんな飯の食い方させてちゃあいけないよな。第一何食っているのか、旨くも何ともなければ体に良くないよ」

「わかった。そうだね。にぎやかなほうが美味しいものね。でも子供たちがうるさくないかね」

「うるさいくらいがちょうどいいんだよ。親父さんも喜ばあ」

茉莉は保が親を思ってくれる気持ちが嬉しかった。こんな気持ちのきれいな人はいない。うちの亭主は日本一だと自慢したいほどだった。

「なんだよね、せっかく静かにご飯が食べられると思っていたのに」

翌日、美津にその話をすると、口では悪態をつきながら美津は嬉しそうだった。

茉莉の上の娘、素子が七歳になって学校に上がった。母の茉莉と同じお不動様の裏にある木月小学校である。

素子の入学式の日、普段からちょくちょく学校の前は通るが、茉莉が中に入るのは卒業以来のことだ。自分たちが通っていた頃と違って、明るくきれいな校内になっている。教室の真ん中にだるまストーブもなければ、机や椅子はあの樫の重たい、ぶつけでもしようものなら痣《あざ》の一つや二つはできるものと違って、スチールパイプときれいな合板でできた物に変わっている。唯一変わらないのは、二宮金次郎の銅像とその前の池。そして池の後ろにある国旗掲揚台くらいだった。

「よっ、ひさしぶり、元気か。大きくなったねえ」

村越一平が妻の節子と一緒に後ろにいた。この人はいつも後ろから声をかけると茉莉は思った。

「大きくなったなはないでしょう。久しぶりに会ったというのにご挨拶なんだから。今度は子供が一緒に一年生?」

「ああ。あれだ」

一平が目で指すところに、父親そっくりの大きな男の子が池の中をのぞいている。

およそ一年坊主には見えない。名札には村越兵太とある。

「ずうたいばかりでかいが、とんと意気地がない」

「うちのは誰に似たんだか、私と違って利かなくてね。それはそうと、いつもうちのがお世話になっていて、すいません」

「なに、お互い様よ。さっぱりしていい人だね保さんは。似合いの夫婦だって平河の旦那が營めていた。だけど、ここんとこ何だか、顔色が悪いんじゃあないのかいご亭主。すまない、余計なことかもしれないが、ちょっと気になったので」

「本当は今日も一緒に来るはずだったのだけど、お医者に行ってるのよ。お腹の検査の結果がでるって言って」

「どこが悪いの、前から持病でもあったのかい。あまり酒も強くないようだけどなあ」

「座りっぱなしの仕事で、根詰める質だから、疲れた、疲れたと言うようになったわ」

突然、兵太の泣く声がした。

見ると素子が池の水を兵太の顔に、まさに今ひっかけようとしているところだった。

「素子っ」

茉莉の叱る声より早く、池の水は兵太の顔を濡らしていた。

茉莉は節子に頭を下げた。節子はさっぱりとしていて、

「まったく、すぐ泣くんだから。気にしないでいいんですよ。これじゃあ先が思いやられるわね」

と言う。三人で笑っているところに幼馴染の親たちが、茉莉と村岡を見つけて駆け寄ってきた。

保が江東の住吉町、「あそか病院」の内科に入院したのは、それから一月経ってからである。病名は慢性肝炎ということだった。

木場の貯木池の周りに植えられたあやめのつぼみが大きく膨らんでいた。

大澤の家にとって保はまぎれもない大黒柱になっていたから、その柱が具合悪くなってぐらついてしまうと、そこをよりどころに暮らしていた家族の不安は募るばかりだった。

特に富蔵は跡取りと頼んでいた保が、わけのわからない、なんとかウイルスとやらに冒されて長い闘病を強いられるということは、保の人柄を知っているだけにどうしても納得がいかないようである。

毎日のように住吉町の病院まで見舞いに出かけて行く。おかしなもので保が入院してから、富蔵の元気が戻ってきた。自分が何とかしなくてはと気が張っているのかもしれない。とは言っても、富蔵は今年で七十になる。

保は入退院を繰り返していた。この病を完治するには時間がかかるといわれ、保の長い闘病生活が始まった。

病院にかかる金銭的な負担は「平河」の銀次郎が、組合に働きかけ、保を組合員として処遇し、費用一切を出してくれている。

「早く元気になって、親父さんにいろいろ仕事を教わらなくちゃ。まだまだ半端もんだから」

下着の替えを持って病室にきた茉莉に、保は空元気を見せて言う。病床で寝ていても、保の気持ちは富岡の仕事場にあるようだ。

「そうよ、一人前になってあなたが造る純日本風の家具が、東京都の品評会で金賞を取るのを、お父さんも楽しみにしているのよ。あいつなら取れるっていつも言っていたから」

「そんなこと……。すまない。もう少しお前の力を貸してくれ、きっと良くなって楽させてやるから」

「うん。いいわよ。任せておいて。明日という日があるじゃない。きっとみんなで笑い合える日がまた来るわよ」

「お前の元気が一番の薬だな。それと、もう親父さんに病院には来てくれるなと言ってくれ。夕方になって独りで帰すこと思うと、気が気でなくて、おちおち寝ちゃいられないのだ」

「わかった。言っとく。聞くかどうか判らないけど」

「それから、店のことだけど。俺が昔から知っている同郷の家具職人に、長谷川という後輩の男がいて、この間、見舞いにきてくれたんだ。どうも今、手空き、つまり職についていないようだ。腕は確かなんだが身持ちが余りよくない。しかし、俺もこうしてもいられないから、どうだろう、一時《いっとき》、その男を俺の代わりに使ってみては。通いの職人ってことにして。「平河」の旦那もいるし、あそこに話を通しておけば筋もたつ。仕掛かり途中の注文品もあるし、第一稼ぎがなくちゃ親子が食っていけないから」

「お父さんにその話したの？」

「うん。した」

「なんて？」

「俺がいいと思うなら、話、進めろって」


それから二、三日が経って銀次郎が長谷川を伴って富蔵を訪ねてきた。電話で知らせを受けていた茉莉も同席した。

長谷川満と名乗った男は、年を聞くと茉莉より五歳年下だった。銀次郎を立会人にして、茉莉は通い職人として長谷川を雇うことにした。その代わり、仕事からの上がりは半々で、長谷川が営業をして取ってきた仕事の分け分は四分六分ということになった。

とにかくこれで、店をたたまないで済むと思うと、茉莉はこの長谷川という男に、今は頼る他ないと思った。それに夫も時々病院を抜け出して見に来ると言っているし、「平河」の社長もいる。一抹の不安はあったが茉莉は富蔵に長谷川を雇うことにしたと話した。

長谷川が自分の道具一式を持って、富岡の家に来た。富蔵と病院から帰っていた保と三人でこれからの仕事の進め方や、お得意さんの性格などを打ち合わせている。そばで美津が心配そうに聞き入っている。

「どうもあの人は、早飲み込みというか、気が早いというか、人の話をよく聴かない人だね。うちの人が話しているのに、話の腰を折るんだよ」

美津が茉莉のところにきてこぼして言った。

まだ長谷川も若いし、七十過ぎの父の話がまだるっこかったのかもしれない。時代が変わって、年寄りをいたわる気持ちなんて次第に薄れてきているのだ。どっちに合わせるかといえば、時代の流れの中にいる若い者に合わせていかなくては、時代から取り残されてしまう。富蔵には気持ちを抑えてもらうしかないと茉莉は思っていた。

長谷川満、三十二歳。今は独り身。結婚歴はあったようだが、何かワケありで妻と別れたそうだ。その離婚が元で職場を離れ、流れ職人として転々と臨時雇いのような形で家具職人の世界を渡ってきたという。郷里の福島、二本松には母親がいるにはいるが、再婚先でどうも訪ねて行きづらく、ここ何年も会っていないそうだ。

昼過ぎのお茶の時間に、茉莉に長谷川が自分の身の上を、問わず語りに話した内容である。

「いろいろ苦労してきたのは、誰でも同じよ、過去は過去。それよりもこれからが大事なんだから、ここに腰を落ち着けてがんばってみたら」

「平河の社長さんにもそういわれました。何とかがんばりますんでよろしくお願いします」

長谷川はあぐらをかいたままで茉莉に頭を下げた。茉莉はその所作を見て、この人はまだまだ修業が足らないなと思った。この深川でやっていけるか不安になった。

「最初だから言うことだけ言わせてね。確かにうちの人があんなだから、あなたに来て貰って助かっているの。これからはあなたが思う存分、今まで磨いてきた腕を発揮するといいわ。でも、一つだけ約束してほしいんだけど」

茉莉が長谷川のあぐらをかいている足をじっと見つめながら話し出すと、長谷川は気まずい顔をしながら正座になおした。

「深川ってとこは、あなたも知っての通り、本当に昔気質が今でも通っているの」

「ああ、その辺はわきまえています、私は大丈夫です」

まだ茉莉の話が終わっていないのに長谷川が口をはさんだ。茉莉は美津が言っていたのはこれだなと思ったものの、彼の言葉を聞き流して話を続けた。

「だからその辺充分にわかってやってほしいの。父が作ってきた信用とか、つきあいとか。それと、父は年取っていて、あなたから見ればまだるっこいでしょうが、まだまだ現役のつもりでいるから、その辺分かってあげて、父と上手にやっていってね」

「はい。分かっています。平河の社長からも、大澤の大旦那に一言でも愚痴を言わすようなことがあったら、この深川にはいられないと思えって言われています」

「まあ、ずいぶんご大層に。そんな風なところなのよ、ここは。でも普通にやっていれば、みんないい人なんだから。一度、心開いて付き合ったらすぐに打ち解けて仲間に入れてくれるわ。だからあなたもがんばって、早く深川の人間になるといいわ。最初だから言いたいこと言ってごめんなさいね。私のほうからも、世話になりますって頭下げるわ」

茉莉が膝に手を置いて頭を下げると、彼はめずらしく両の手を床について頭を下げて見せた。

確かに長谷川の腕はよかった。段取りも早い。しかし、唯一つ欠点は口数が多いことだった。最初は打ち解けるためなのかと思って、長谷川の軽口に合わせていた美津も、話のくどさに音《ね》を上げ始めた。妹の佳代とも歳が近いせいか冗談口をやりあっていたが、わきまえを越えた口のききようが、しばしばみられる。

佳代は長谷川をいつのまにか、満さんと呼ぶようになっている。美津からそのことを聞いた茉莉は佳代をたしなめた。

「親しくするのもいいけど、変に周りから誤解されるから、そのあたりは筋を通しなさい。

長谷川さんは長谷川さんでいいでしょう。何も下の名前で呼ばなくても」

佳代は真っ赤になって俯いていた。

子供の頃から体が弱く、年頃になっても男づきあいもなく過ごしてきた彼女にとって、長谷川は毎日顔を合わす、唯一気の許せる男だった。それくらいは分かっている。分かっているだけに茉莉は佳代が心配だった。

男のことを知らなすぎた。もしも、この男に心でも寄せるようになったら、辛い思いをするのは佳代のほうに決まっていると思えてならなかった。長谷川に対する偏見ではなく、茉莉の勘だった。

「姉ちゃん、ごめん、心配かけて。気をつける」

佳代に素直に謝られると、茉莉は佳代の夢を摘み取ったようで心が痛んだ。しかしけじめはけじめ。ここは深川なんだからと茉莉は心を鬼にした。鬼って自分の心の中にいる、と不動堂の住職さんが言っていたのはこのことかと思う茉莉だった。

長谷川が富岡の家に通うようになって二年が経った。

三月二十日、桜前線はもうすぐ関東地方に届くというのに、今にも雪が降り出しそうな寒い日だった。

恐縮ですが
切手を貼っ
てお出しく
ださい

112-0004

東京都文京区
後楽2－23－12
**（株）文芸社**
ご愛読者カード係行

<table>
<tr><td>書　名</td><td colspan="4"></td></tr>
<tr><td>お買上<br>書店名</td><td colspan="4">都道　　　市区<br>府県　　　郡　　　　　　　　　　書店</td></tr>
<tr><td>ふりがな<br>お名前</td><td colspan="3"></td><td>明治<br>大正<br>昭和　　年生　　歳</td></tr>
<tr><td>ふりがな<br>ご住所</td><td colspan="3">□□□-□□□□</td><td>性別<br>男・女</td></tr>
<tr><td>お電話<br>番　号</td><td>（ブックサービスの際、必要）</td><td>ご職業</td><td colspan="2"></td></tr>
<tr><td colspan="5">お買い求めの動機<br>1．書店店頭で見て　2．小社の目録を見て　3．人にすすめられて<br>4．新聞広告、雑誌記事、書評を見て（新聞、雑誌名　　　　　　　　）</td></tr>
<tr><td colspan="5">上の質問に1．と答えられた方の直接的な動機<br>1．タイトルにひかれた　2．著者　3．目次　4．カバーデザイン　5．帯　6．その他</td></tr>
<tr><td colspan="2">ご講読新聞　　　　　　新聞</td><td colspan="3">ご講読雑誌</td></tr>
</table>

文芸社の本をお買い求めいただきありがとうございます。
この愛読者カードは今後の小社出版の企画およびイベント等の資料として役立たせていただきます。

本書についてのご意見、ご感想をお聞かせ下さい。

①　内容について

②　カバー、タイトル、編集について

今後、出版する上でとりあげてほしいテーマを挙げて下さい。

最近読んでおもしろかった本をお聞かせ下さい。

お客様の研究成果やお考えを出版してみたいというお気持ちはありますか。

ある　　ない　　内容・テーマ（　　　　　　　　）

「ある」場合、小社の担当者から出版のご案内が必要ですか。

希望する　　希望しない

ご協力ありがとうございました。

〈ブックサービスのご案内〉

小社では、書籍の直接販売を料金着払いの宅急便サービスにて承っております。ご購入希望がございましたら下の欄に書名と冊数をお書きの上ご返送下さい。（送料１回380円）

| ご注文書名 | 冊数 | ご注文書名 | 冊数 |
|---|---|---|---|
| | 冊 | | 冊 |
| | 冊 | | 冊 |

保の容態は一進一退である。

「平河」の勤め帰りに、保の見舞いに病院に行った茉莉を、保の主治医橋本医師が大事な話があるといって医務室に招き入れた。

白髪の顎鬚を生やした橋本医師は、深川の白髭先生といわれ下町界隈では、その飾らない人柄で子供から老人まで多くの患者から慕われていた。そのくせ笑顔の底に秘められた鋭い眼光に睨まれると、気性の荒い鳶の若者もこの先生の前ではとたんに大人しくなってしまう。橋本医師はしきりに顎鬚をなでながら、机上のカルテに目をやっている。

茉莉が橋本医師の前に吊り下げられている一枚のレントゲン写真を珍しげに見ていると、橋本医師は深く首をうなだれ目をつぶっている。やにわに顔をあげた医師は、意を決したように茉莉に告げた。

「肝臓に、非常に悪性な癌が見つかりまして。われわれも、これから最善の治療を施していきますが、レベルがAの2という悪性度が高いものですから……」

茉莉はその後、橋本医師の専門用語の混ざった説明を瞬き一つしないで聞き入っていたが、何をどう理解していいのか分からない。

ただ分かったことは保に命の期限が宣告されたということだけだった。

医師の言った「持って二年……、最悪、半年後」という時間が、どういう時間なのか、何をして過ごしていればいいのか、本人にはそれを言うべきなのか、黙っていたほうがいいのか、茉莉の頭の中は整理できない様々な「どうしょう」がいっぺんに駆け回っていた。

「最悪の場合の覚悟だけはしておいてください。それと、告知の問題なんですが、このことをご主人、本人に告げるかどうかのことですが、私は奥さんの意思を尊重したいと思っています、どうでしょう。奥さんのお考えは？」

「先生、何とか助かる方法は……、あの人まだ若いし……、それにとってもいい人なんです……、だから……、何とか助けてやってください。先生、後生ですから……」

「気持ちはよくわかります。私も最大限の力を尽くします。でも、それでも力が及ばないことがあるのです。ご主人の生きようとする体の力が、病気に負けてしまうと、医者の手の及ばないところで症状が進んでしまいます。その時は残念ながら……。そのためにも、本人に告知するかどうかが大事になってくるのです。本当の闘いはこれからなんです。分かりますね。今日の今日という日に答えを出せというのは酷ですから、一両日中によくお考えになって、奥さんの考えを決めておいてほしいのです」

茉莉は病院を出ると、新大橋に向って大通りを歩いた。この道をまっすぐ行って森下町で左に曲がれば自分の町に着く。それだけ決めて、後は歩きながら考えたかった。

「持って二年、最悪、半年」経ったら保は私の側からいなくなる。どう考えてもそんなことは考えられない。本当とは思えない。

表通りの喧騒が混乱する頭に余計に邪魔になる。茉莉は表から一本裏の道を歩いた。何から考えていいのか、何を考えていいのか分からない。目をつぶっていると瞼の奥に浮かんでくるのは、病室のベッドの上で、小刀を器用に使って小物の動物を彫っている保の姿ばかりである。

夕餉の支度であろうか、通り過ぎた家の勝手口から味噌汁の匂いがしてきた。食卓を囲んだ温かい家族団らんの情景が目に浮かんでくると、何故か涙が頬を伝わってくる。

薄暗い裏通りを茉莉は涙を拭おうともしないで歩いていた。


村越一平が、門前仲町の表通りにある、アラビカコーヒーを売る店の喫茶室で待っていた。妻の節子も一緒である。茉莉が電話をかけて出てきてもらったのだ。今、自分がこの胸の内を話せるのは一平夫婦しかいない。

一通り、今日の橋本医師の話を茉莉から聞いた一平は、

「あそこの病院は、親父の代から医者に知り合いが多い。保さんの主治医の橋本先生なんぞは、親戚付き合いをするくらいよく知っているんで、前に俺からも保さんのこと、よく頼んでおいたんだが。その時の……、先生の返事の仕方がどうもおかしかったもんで……」

一平はそこで言葉を切って、節子に怖い顔を向けて言った。普段、人のいい一平の顔が珍しく尖っている。

「おい、耳ふさいどけ」

「はい」

短く答えた節子は目を瞑っている。茉莉はこの人も深川っ子だなと思った。

「こんなことを、他人の俺から話すのも筋違いでおかしいと思うかもしれないが、どうも保さんの様子が気になって、俺から強引に先生に問い質したんだが、先生は患者さんのことは、守秘義務というのが医者にはあって、めったなことは他人には話せない。だから今度奥さんが来た時に、ご主人の容態を詳しく説明するが……と言っていた。そうか、癌か。それも悪性の。あの先生がそこまで言うからには」

「でも、先生、最善を尽くすって言ってくれたわ。それで、それを本人に、言うかどうか……」

茉莉は黙って目をつぶった。

「他の専門の医師たちから聴いた話だが、進行が早ければそんなにも持たないといっていた。肝臓に癌ができると……」

節子が両手で顔を覆って目頭を強く押さえている。

「…………。うちの人も……、持って二年、最悪半年って言われたの」

茉莉は両手で椅子の肘掛を掴み、小さな体を必死になって支えて、やっとその言葉をだした。何もあの人は悪いことなんか、これっぽっちもしていないのに、なんで？　なんで？　なんであの人が死ななければならないの、という思いばかりが頭の中を回っていた。不思議と涙が出てこない。

一平夫婦はかける言葉もなく茉莉を見守っている。しばらくして、

「うちの人には黙っていようと思うの」

無意識のうちにその言葉が茉莉の口から出た。茉莉は自分で言った言葉の響きを遠くのほうで誰かが言っているように聞いた。

「茉莉さんが、それが一番いいと思ったら、その通りにしな。よく考えて本人に言うも、言わぬも、あんたの胸一つだ」

「このまま、癌だって告げないで、あの人をそっと逝かせてやったほうが、あの人にはいいと思うの。うまくいえないけど、今、それだけしか考えが出てこない。だから、お願い、このことは誰にも言わないで。父にも母にも誰にも。お願い」

「わかった」

一平は硬く閉じた口を天井に向けている。

節子が茉莉の隣に移ってきた。茉莉の肩を抱く、しっかり茉莉を抱きしめている。柔らかく温かな胸だった。優しくいい匂いがする胸の中で、茉莉は初めて嗚咽を漏らした。声を忍ばせて震えていた。

店のテレビが神戸の博覧会「ポートピア81」の開幕を映し出している。

病院から帰った茉莉は、いつもと変わらぬ調子でみんなに接した。保のことは一平夫婦に話した通り、橋本医師にも茉莉は自分の思っていること「本人には知らさない」ことをはっきりと告げた。自分だけが知っていればいいことで、本人には一切黙っていてくれるように頼んだ。

大きな荷物を独りで背負《しょ》ったようだった。それでよかった。こんな悲しみは私一人で味わっていればいい。家族みんなが悲しみのどん底に沈むことはない。私一人なら何とか耐えられる。耐えてみせると茉莉は意地を強く張った。

近頃、また長谷川のことで、茉莉は頭を悩ましていた。

最初の一年くらいは、それなりに大人しく勤めていた長谷川が、仕事に慣れたというのか、地が出てきたというのか、どうもこのところ評判が良くない。

注文主からそれとなく苦情めいたことを言われる。一つは納期を守ってくれない。注文した仕様どおりにやってくれない。それに勘定のことだが、納品と同時に一括現金払いの約束なのに、前金として半額でもいいから入金してくれと言ってくるという。その頼みを聞かないと、いつ仕上がるのか分からないようなので、金を支払ったこともあるという。

茉莉が帳簿を時々見るが、売掛金がやけに増えている。どうも金に関して不鮮明なことが多くありすぎた。

苦情はそれだけでなかった。身内からも出た。

とにかく口が旨いというか、話し出したら止まらないというのだ。出入りの業者の若い者をつかまえては、自分の若い頃の自慢話をする。注文に来てくれた得意先の若い娘さんを相手に、あることないこと挙げ連ねて自分を飾り立てている。側でとても恥ずかしくて聞いていられないから場を外すと、それをいいことに外で逢う約束をする始末と美津が言う。

なんでもっと早く私に言ってくれなかったか、と茉莉が美津に咎めだてすると、美津は保が良かれと思って頼んだ人だから、と茉莉たち夫婦に遠慮をしていたようだ。

美津は堰を切ったように長谷川の度量の狭さを茉莉に話し出した。

長谷川が富蔵を無視するというのである。保はたとえ富蔵の手には負えない作業でも、富蔵に声をかけ、富蔵のいう通りにやっているように見せてくれた。そして仕上がると必ず「親父さん、こんなんでいいですかね」といって出来上がりを見せに来る。たとえ自分が全てやったものでも、富蔵の顔をきちんと立ててくれたが、長谷川は違った。富蔵に声もかけなければ、段取りの説明もしなかった。仕事場に入ると、挨拶もそこそこに仕事に取り掛かるが、それがいつまでの仕事か、どこから頼まれた品なのか一言もない。富蔵が聞こうものなら、不機嫌そうに、ボソッと短く答えるが、聞かなければそれっきりだという。

また、保は富蔵が手持ち無沙汰にしていると、富蔵ができる手間仕事を作って、さも困ったように手伝いを頼んでくる。それが仕上がると、やっぱり年季の入った腕は違うといって富蔵を喜ばしてくれた。富蔵はそれが半端仕事と先刻承知していても、保の心意気が嬉しいから喜んで引き受けてやっていた。一緒にいる時間を楽しんでいられた。

道具の手入れにしても、保はまず富蔵の刃物から研ぎ出し、磨き終わってから自分の道具の手入れに取り掛かったが、長谷川はまったく富蔵を無視して、自分の段取りだけで動いた。道具の手入れなどはさっさと自分のものだけ済ますと、富蔵の道具がそこに出ていても知らん顔をして帰っていくという。

雇い職人だから割切っていると言ってしまえばそれまでだし、若いから気が付かないといえば聞えはいいが、そんな細かいところを見ていると、どうしても保と比較してしまう。

富蔵がポツリと、

「保さんとは人間の出来が違うんだ。あいつは人の品というものがねえ」

と言ったという。

茉莉は美津の言うことを聞いているうちに、だんだん腹が立ち、終《しま》いに情けなくなってきた。そんな人に自分たちの生活を支えて貰っていることに、恥ずかしささえ覚えた。

しかし、今、それを咎めだてて長谷川にぷいと出て行かれても困る。かといって保にいうわけにはいかない、ましてや「平河」の社長にこれ以上世話はかけられない。

茉莉はもう少し様子を見よう、一度、長谷川と話して、心がけを改めてもらうしかないと思うが、あの歳になって沁み込んでしまった性格が、そう簡単に改まるとは思えないし、どっち道、早いとここの人の世話にならないですむようにしなければと、心密かに決めていた。


その年の八幡宮の夏祭りは裏祭りだった。御輿も出なければ、手古舞もない、静かな夏祭りである。

茉莉の家に珍しく由紀が訪ねてきた。

あの表通りで再会して心が打ち解けて以来、一人娘で育った由紀は何かと茉莉を相談相手にして、懐《なつ》っこく慕ってきた。普段、電話でのやり取りはあったが、由紀が深川に来ることは稀だ。何事か、もしや保のことでも、どこからか回り回って由紀の耳に入ったのかもしれないと茉莉はふと思った。その思いは茉莉の杞憂に終わった。

お互い上の子は高校生になっていて、親の手がかからない代わりに何かと心配な年頃だった。しばらく子供のこと、親のこと、そして昔のクラスメートの話に花が咲いたが、どういうわけか由紀から亭主の話題は出なかった。

由紀の右手首に巻かれた包帯が痛々しい。車のドアーで挟んだそうだ。

由紀が話すには、今日来たのは他でもない。実は先週の日曜日、念願のマイホームが目黒の碑文谷に出来上がり、今までの賃貸マンション住まいの家から引っ越したという。

ところがこの怪我で家の中の整理も、飾りつけも何もできていない。それで困って茉莉のところに相談に来た。一度碑文谷の家にきてほしい。なんとか片付けを手伝ってくれないか。決して自慢めかしたり見せびらかしたりの気で言っているんじゃないとさえ言った。

「分かっているわよ、そんなこと。それでいつ行けばいい?」

「ありがとう、家の中、しっちゃかめっちゃかで、あんな姿、誰にも見せられない。かといってこの手でしょ。家の玄関に八幡様の祭り提灯出していたのを仕舞っていたら、茉莉ちゃんの顔が浮かんだのよ。八幡様のお告げだこれは、とすぐ思ってすっ飛んできたわけ」

「何よ、私のこと狛犬みたいに。いくら貴女のほうが器量いいからといって。まあ、いいわ、八幡様のいいつけなら、目黒くんだりの草深い田舎まで出張《でば》ってあげようじゃない」

「そう、それでなくちゃ。お姉さん江戸っ子だってねえ」

「そうよ、深川の生まれよ。八幡様に臍の緒納めて、ン十年、」

「本当、茉莉ちゃんの臍の緒、八幡様にあるの？　私のどうしたのかなあ？」

「馬鹿ねえ、嘘よ、嘘に決まっているじゃない。そんなもの納められたら、先様でも困るわ」

幼馴染で喧嘩友達、下町っ子のやりとりはいつもこの調子だった。

由紀の姑が来週の日曜日に来るから、その前の日にでも茉莉に来てもらって、何とか見られるようにしておきたい。そういう由紀に、茉莉は二つ返事で行く約束をしてやった。

大川の川面に夏の残り陽がぎらぎら照っているものの、すでに佐賀町の護岸堤の上にはアカネトンボが舞っている。遠く勝鬨橋の向こうには入道雲がこの夏最後の背比《せいくら》べをしている。

永代橋を渡るバスの窓からその姿を見た茉莉は、保はこんな景色をもう何度も見られないと思うと、胸が詰まってきた。保が逝ってしまう前に一度、深川と、この大川端に連れて帰ってきてやろうと思った。

茉莉が出掛けに、テレビのニュース番組が作家の向田邦子が、台湾で飛行機事故にあって亡くなったと知らせていた。小説を読むことの好きな茉莉が、好んで読む女流作家のひとりだっただけにショックだった。人は何でいつ死ぬか分からない。分かっているのはたった一つ、人はいつかは死ぬということだけだ。

由紀の家に行くには、門前仲町からバスに乗って茅場町に出る。そこから地下鉄の日比谷線で中目黒まで行き、そこで東横線に乗り換えて二つ目の学芸大学前で降りる、と由紀に教わっていた。駅の改札口で午前十時の待ち合わせだった。

茉莉はどうも地下鉄が苦手だった。電車は総体アルミ製の弁当箱みたいだったし、駅を出ると次の駅までの間、外は真っ暗である。駅と駅の間の町に何の繋がりもない。その町の風情も見られなければ、季節感もない。道中、駅名という断片だけが通り過ぎていく。車内の乗客は誰もが黙りこくったまま、降りる駅がくるとさっさと勝手に、そう、なんの挨拶もなく降りていってしまう。不人情で勝手な人たちの乗り物だと思った。

座っている正面のガラス窓に茉莉が移っている。白地に青い水玉模様のワンピースを着た自分がちょこんと座っている。カルピスの包み紙と同じだと思った時、電車は急に暗闇から表に出た。

明るさと静けさが一瞬に茉莉を包んでいた。

中目黒、茉莉は生まれてこの方、一度も来たことがない知らない街だ。そこが終点だった。

学芸大学駅の改札口で、人混みの中に手を振っている由紀を見つけて茉莉はほっとした。

「あなたんとこ、遠いね。山手線二周するくらいあったわよ」

改札を出るなり茉莉は由紀に遠慮なく言う。

「ごめんね。遠いとこ。疲れた？」

殊勝な言い草がかえってきた、茉莉はその物言いに大人になった由紀の一面を見た気がした。

「賑やかでいいとこじゃない。店屋もいっぱいあるし、淋しくなった門前仲町の商店街と活気が違うね」

「そうなの、ここまで来ると、何でも揃っているわ。魚も美味しいのを売る店があるし。この商店街を抜けて、大きな通りを渡ったところにうちの町があるのよ」

由紀の家は立派だった。小さいながらも門構えのある家だった。今様の新建材で造られていたが、要所要所には松材やヒノキ材がつかわれ、屋根も黒い瓦葺で純日本風の佇まいだった。

「素敵ね。まるで雑誌に出てくるお薦め住宅そのものよ。なんといっても玄関周りの木の造りが落ち着いていて、明かりも蛍光灯なんかでなく、電球というのがいいね。いいね。いいわ、本当にいい家だわ。よかったね由紀ちゃん」

茉莉は素直に羨ましさをこめて、由紀に祝いの言葉を言ってやった。

「やっぱり茉莉ちゃんに来て貰ってよかった。心から祝ってくれたの茉莉ちゃんだけだもの。他の人はみんな見に来ると、じろじろ粗《あら》を探すみたいな目をして、いっぱしのこと言うのよ。ほっといてよ、私のうちなんだからって。ねえ二階に上って。問題の片付いていない部屋があるのよ。それと一階のリビングルーム。どうやって配置していいのか分からないし。お願い、神様、八幡様、茉莉様、お任せしますから、思う存分やって」

「思う存分といったって、あなたの好みもあるでしょうし、ご主人の意見も……」

「大丈夫、うちのは私任せだから。大船に乗った気でいるって」

「おやおや、すごい船に乗っちゃたわね、ご主人も」

「それで私は、本所・深川・木場小町の茉莉さんに助け舟を頼んだんだから、誰も何も言わないし、言わせもしませんから、お願い、茉莉ちゃん。それに貴女がインテリアの勉強を独りでこつこつやっていることを、『平河』のおじさんから聞いていたんだ」

「なんで由紀ちゃん、『平河』の社長さんと?」

「あの人、母さんの昔の恋人で、どっちかというと……私、あの人の娘じゃないかとにらんでいるわけよ。父さん生きていた時はあまり付き合いはなかったんだけど、父さんが死んで、私が嫁に行くと聞いたら、ポンと支度金出してくれたの。なんでって母さんに聞いたら……。話、長くなるから、この話、また今度ね。

とにかく、いい機会だから茉莉ちゃんの腕、ここで試してみるといいよ。いるものがあったらなんでも言って。すぐそこに大きな家具屋もあるし」

「ありがとう、何だ知ってたのか、私がインテリアのこと勉強しているって。いいの本当に。私もやってみたかったんだ、本当を言うと。新しい家で。でも、うちじゃいつになるか分からないし、一生、家なんか持てそうにもないし。私、やってみてもいいの？　由紀ちゃん側で見ていて」

「うん、手伝うわ」

「だって、その手？」

「うん、もう大丈夫。なんともないから」

茉莉はどうも由紀の手は最初から何でもなかったような気がしてきた。上手《うま》く由紀の手に、温かい友達思いの手に乗ってしまったと思うと、ありがたい思いでいっぱいだった。

茉莉は土産に持ってきた門前仲町『岡満津』の包みを出した。

「わあっ、なんで知っているの、私これに目がないってこと。やっぱり持つべき者は友だわねえ。辰巳の八景最中、小さい時から、これ八個全部食べるのが夢だったの。ここの餡本当に上品なのよ」

「最中と書いてモナカ、由紀ちゃんなら知っているわよね、その意味」

「え、知らない、何か謂《いわ》れでもあるの、私、そんなこと何にも考えないで食べていた」

「あはははは、由紀ちゃんらしいわ」

茉莉は最中について蘊蓄《うんちく》を傾けてやった。

最中というのは呼んで字のごとく、「もっとまんなか」という意味で、『後撰和歌集』という藤原時代の勅撰の歌集に、
池の面に照る月なみを数うれば　今宵ぞ秋のもなかなりけり
という歌がある。宮中の月見の宴に、丸く白い餅が饗されたが、それが名月とそっくりの形をしていたので、そこから最中の名前が起こったと言われている。最もその頃は餡が入っておらず、皮の中に餡を入れるようになったのは幕末の頃からだそうだ。

岡満津〝辰巳の八景最中〟は、『辰巳八景』は昔から雅歌にゆかりがあって、大正の十二年、岡満津が辰巳の八景を新聞広告で一般から募集した。その結果、富ケ岡の暮雪、木場の夜雨、小名木川の晴嵐、霊岸の晩鐘、洲崎の落雁、佐賀町の帰帆、安宅の夕照、そし

て相生橋の秋月に決まったそうだ。それらの景色を型どった最中が今でも深川名物になっている。

「私、仲町でお菓子屋さんに手伝いに出ていたんだけど、由紀ちゃん美味しい餡の作り方知っている？」

「知らないわ、知っていたら教えて、うちのは甘党だから」

「小豆煮る時のコツは、ほっとくんですって。あまりかき混ぜたりしないで、とにかくほっておくこと、そうするといい具合に煮上って、美味しい餡が出来るんですって」

「ふう〜ん。子育てと同じみたいね」

由紀は自分なりの納得の仕方をしていた。

お茶を飲んだあと、茉莉はすぐに仕事に取り掛かった。

リビングルームのインテリア・コーディネートである。床はフローリングになっている。それを見てすぐに茉莉はこれで統一しようという考えが浮かんだ。

いつか雑誌で見た、北欧の家のリビングルームの情景が目に浮かんだ。幸いなことに由紀が取り揃えていた家具や照明具はそのイメージから外れていなかった。

壁の素材を生かして、壁掛けをワンポイントにし、照明は低くテーブルの上だけに当たるようにした。室内の明かりは四隅に置いたダウンライトでソフトに灯した。ソファーはできるだけ窓際から離して圧迫感をなくし、サイドテーブルの上には大きな焼き物の鉢にカサブランカを飾り立てた。終わってみると白木の質感を活かした明るく開放感のあるリビングになっていた。

一通り茉莉が満足のいく部屋作りが出来た時、長い夏の夕暮れも終わって、時計の針は八時を回っていた。


京橋、明治屋の近く、中央通りにある欧風家具の専門店。店頭のショウウインドーには秋の装いの中に、モスグリーンで統一されたシックな応接セットが飾られている。道行く人々の足元にはもうプラタナスの葉が舞っていた。

紺のスーツに、白く大きな襟のブラウスに身を包んで、店内を忙しげに歩き回っていた茉莉は店の入り口のほうに目をやった。

午後二時に来店を約束した客に、英国風ダイニングセットを一揃えコーディネートすることを頼まれていた。その品を揃えるために、幾つかの品をピックアップし終わったところだった。店の支配人がそんな茉莉に満足そうな信頼の目を向けている。

由紀の夫、佐伯和馬が茉莉の手にするカタログを覗き込んで頷いている。

「いいじゃないですか。これで完璧です。総額でお客様の予算にも合っていますし。後は貴女のセンスをどう評価してくれるかですよ。それが数字に表れるだけです」

「まな板の上の鯉のような気持ちです、いつもこの瞬間は。でも、精一杯お客様のことを考えて、お薦めして、それで駄目な時でも私、ちっとも悔いは残らないのです」

「そうですよ、それでいいのです。また明日という日がありますから。ああこの言葉は大澤さんの十八番《おはこ》でしたね。いい言葉です。本当に。僕のように営業で数字ばかりに追いかけられている人間は、この言葉を口に出すと、何故か気分が落ち込まないで済みますから。

この仕事はやっぱり担当者とお客様の縁みたいなものがあります。ところでだいぶ慣れたようですね」

「おかげさまで。最初は、本当に私なんかがこのような立派なお店で勤まるのか、怖かったくらいなんですよ」

支配人が二人の側にやってきた。姿勢と目線は入り口に向けたまま小さな声で話に加わった。

「会社としても初めての試みだったんですよ。営業課長の佐伯さんが太鼓判を押すからといって、大澤さんを推薦して連れてこられた。実際、まだいらしてから日が浅いのですが、僕はさすが佐伯さんの目は高いと感心しているのです」

「茉莉さん、いや大澤さん、支配人に誉め言葉を言わせるのは大変なことです。めったに人を誉めない、それどころか痛烈な皮肉屋で通っているこの人に」

「いらっしゃいませ」

支配人は入ってきた客に挨拶の言葉をかけながら、二人の側を離れていった。

茉莉が欧風家具の製造販売会社、「株式会社ヨーロピアン・ドリーム」のパイロットショップ京橋店に、インテリア・コーディネーターとして勤め出してから、二カ月が経とうとしていた。

幼馴染、由紀の碑文谷の家で、リビングの飾りつけを手伝ったのがちょうど二月前のことだった。

茉莉が飾りつけを終えて帰ったのと入れ違いに佐伯和馬が帰宅した。和馬はリビングルームに一歩足を踏み入れて、その変わり様に驚いてしまった。部屋の空間に置かれた家具やカーテン、そして壁掛けと花などが見事に調和して、エレガントな雰囲気が和馬を包んでいた。温かみがあった。和ませる寛ぎの空間が出来ていた。全体のコーディネートに一つの思想を感じたほどだった。これをやった人はすごい、その一言に尽きた。

和馬は妻の由紀の仕業でないことはすぐに分かった。この大らかな神経の持ち主に、このようなデリケートな芸当ができないことくらいは、自分が一番よく知っている。

由紀に尋ねると、自慢げに、

「私専用のアドバイザーがいるの。その人の名は大澤茉莉さん、私の昔からの親友よ」と和馬に告げた。和馬はこの人なら今、自分が会社で進めている一つの企画を任せられると直感した。

欧風家具を専門に扱う和馬の会社が、パイロットショップの京橋店で、対クライアント用にインテリア・コーディネーターを置き、専門知識のアドバイスやインテリアに関する相談を受け、それを売上げに反映させようとする企画だった。

時代は好景気に沸いていた。消費意欲も高い。そして変化の時代でもあった。実用本位からセンスのいい雰囲気づくりが注目されていた。しかし、家の中を飾る、重厚なスタイリングでグレードアップすることには、まだまだ消費者にはアドバイザーが必要だった。そのアドバイザーも消費者のお客様に嫌味を感じさせず、庶民的な雰囲気でお客に接するセンスの持ち主でないとお客様がアレルギーをおこしてしまう。

そんな人は……と考えて、探していた矢先だった。

「由紀、君はなんていい人と友達なんだ。その人はどういう人なの？　今何しているの？どこに住んでいる人？」

和馬の矢継ぎ早の問いかけに由紀は面食らっていたが、夫の意気込みの中になにかある、それもきっと茉莉にとってはいいことに違いないと思うと、和馬に明日にでも深川で茉莉に会ってもらおうと思った。

茉莉が佐伯和馬の会社に、インテリア・コーディネーターとして通うことには、「平河」の社長銀次郎が大賛成した。

佐伯夫婦との打ち合わせには是非、木場の会社の応接室を使えと言い、賃金、待遇などいろいろな決め事に不慣れな茉莉の後見役を買って出るつもりになっている。

富岡の店の方はあいかわらずだった。

長谷川も自分への風向きが変わったことを敏感に感じ、このところ大人しく作業に没頭している。しかしいつどのように豹変するか分からない男に、下駄を預けたような家業はどう見てもまともでない。早くこの人に頼らなくてもいい暮らしにしなければ、茉莉の心の中にはいつもそのことがあった。

茉莉は由紀の夫が持ち込んでくれたチャンスに賭けて見ようと思った。

妹の佳代が、富岡の店のことは私が気を配るから、姉ちゃんは安心してその話に乗るといいと言ってくれた。両親の面倒は私独りでも充分に見ていけるし、子供たち二人は、昔から、お姉ちゃん母ちゃんを意味する〝ネーママ〟と呼んで佳代を慕っているので任せてくれて大丈夫と言ってくれた。

問題は夫、保だった。

茉莉は自分ひとりが背負っている荷物の中身を、まだ誰にも明かしていない。いずれ来る時が来たら何もかもがはっきりする。その時にみんなは哀しめばいい。悲しみなんて引きずりながら生きるものではないし、生きていけるものでもないと思っていた。

ベッドの上に保は起き上がっていた。茉莉の顔を見ると、何故か頬のあたりから目の周りがうっすらと赤らむ。この人は今でも私に会うと嬉しいのかしら、きっとそうだ、と茉莉は思った。

あと半年か一年。二年は持たない夫の命が今燃えている、私の顔を見て小さくときめいているると思うと、茉莉はこのまま事実を知らさないで、夫の命が燃え尽きるのを見守ってやっていくのが一番いいと改めて思った。

「今日はね、報告と、相談があってね。とってもいいことだから心配しないで」

隣の五十年配の患者が、ポータブルラジオのボリュームを下げて聞き耳を立てたようだ。

「ちょっと、調子が良かったら、散歩に出ようか中庭まで。お日様に当たると気持ちいいよ」

保にカーディガンを羽織らせ、ナース室に断ってから茉莉は夫を外に連れ出した。

大きな銀杏の木の下の、古びたベンチに秋の柔らかい日が当たっていた。

茉莉は佐伯由紀から来た話を保に話した。

契約社員として、由紀の夫の会社に勤めること。基本給は低いが、商品を茉莉の努力で売り上げたらその歩合が貰えること。時間は十時から四時までで、場所は京橋だから通うのもそれほど苦にはならない。仕事はお客様の相談を受けて、品物を選んであげる。今まで独学で勉強をしていたのが活かせるから、自分は是非やってみたいと思っている。

茉莉の話を保は病院の建物に囲まれた遠い空を見つめ、それでも黙って一つ一つ頷きながら聞いていた。そして、

「すまんな。苦労かけて。長谷川をそろそろ切らなくちゃな」

と言った。保は分かっていたのだ。長谷川のことに関して誰も何も言ってこないほうがおかしいと思っていた。何かある、それもあまりいい話でないことが。保は長谷川に頼ったことを後悔していた。

茉莉は保の言葉に小さく頷いた。それで二人の気持ちは通じた。

余計な説明は要らなかった。結論が出ればそれを実行すればいいだけで、話が早いのが下町の流儀だ。

「それで、あなたに私が表に働きに出ることの許しをもらいにきたわけ。四方八方きちんとやるから安心して。四時上がりなら、夕方には顔を見せにこられるし」

「俺にはなんの不足もないよ。いいじゃあないか夢があって。向いているよ。何か希望を持って生きていけるし。お前らしく生きていけるから、是非おやりよ」

保の許しを得た茉莉は、一枚の書類をバックから取り出して夫に見せた。

それには契約書とあり、期間は二年、その下に保証人の欄があった。保証人は二名を書くようになっている。

「ここに、書いて」

茉莉は保証人の上の欄を指してペンを差し出した。

「俺が？」

「決まっているでしょ。他に誰がいるというの、この私に」

「ちげえねえ、頼りない保証人だな、余命幾許《いくばく》もないというのによ」

茉莉はドキッとした。顔に出た色を保に気づかれなかったか気になった。

「馬鹿なこと言わないで、契約期間は二年よ。先のない人にこんなこと頼むわけないじゃない」

「そうか、じゃあ、あと二年は死ねないということだ」

「そう、その二年の中ですっかり元気になるってことよ。私もがんばるから、早く良くなってね。またご利益通りを親子四人で散歩しよ」

保は細くなった指にペンを力いっぱい握り締め、白い紙に大澤保、四十七歳、夫と書いていった。

茉莉は歯を噛み締め、胸の奥から突き上げてくる思いをこらえながら、保が書く小さな字を見つめていた。


茉莉はインテリア・ディレクターとして、着々と実績を積んでいった。

一度、茉莉のアドバイスを受け家具を購入していった客が、友達を連れてまたやってくる。そのいずれの客も高額所得者層の夫人たちで、家の中の装飾と家具を凝るとともに、室内装飾のセンスを競い合っていた。

当然茉莉の収入は良くなっていく。セット価格で百万単位の売上が、日に二口から三口が決まっていく。会社の業績も伸びたが、茉莉の評判も広まった。そして佐伯は営業部長になっていた。

佐伯が暮も押し詰まったある日、一人の青年を連れて本社からやってきた。

まだ二十歳だというその若者は常盤浩介と名乗って茉莉に頭を下げた。

若さゆえの生意気そのものが態度に出ていたが、どこか人を惹きつける魅力を持っている。それが茉莉の受けた印象だった。

「結構売上げを上げていて、外商部で一、二の成績です」

「人は見かけによらないものですね。あれでオートバイに乗ったら間違いなく暴走族ですよ。背広を着てきちんとしているから、見られますけど」

「話をすると、われわれにはぶっきらぼうだが、お客様の前ではなんというか、朴訥としていて、決して媚びるのではなく、はっきりと物を言う。それと嘘を言わない、いくら営業的に必要な嘘でも、嫌だといって。それがユーザーの信頼を得ているのかもしれません」

「それは大事なことだわ、知らず知らずのうちに、あの若さで身についてしまっているのよ。楽しみね。若いから」

「それだけ危ういものも持っている。自信過剰にならなければいいが。今日は京橋店伝説の人の顔を拝みたいというので連れてきました」

「なんですか、人のことを天神様みたいにいって」

その日一日だけだった、茉莉が常盤浩介にあったのは。お互いがトップセールスマンとして意識しあったことだけが残っていた。

大澤茉莉の評判が業界内で広まるにつれて、雑誌やテレビなどマスコミ各社が注目するようになった。

「月刊・インテリアマガジン」で「暮らし生き生き・大澤茉莉のワンポイントあ、ど、ば、い、す」

が連載されだしたのは、茉莉四十一歳の誕生日を迎えた一月号からだった。テレビ局Aが、ワイドショウの中で十五分間の、「大澤茉莉のインテリア診断」の企画を持ってきた。「ヨーロピアン・ドリーム」の佐伯が力を貸してスポンサーになってくれるという。

しかし、茉莉はもう少し、自分に自信がついてからといってテレビ出演のほうは断った。あまりに急に上り詰めると息切れするよと、小さい頃から母の美津に言われていたからだ。分際をわきまえて生きていくのが本当なんだよ、とも言われていたのが身に沁みていた。

それに保と一緒にいる時間が少なくなるのは、何としても避けたかった。仕事にかまけて夫をないがしろにするのは〝筋が通らない〟。とはいうものの、茉莉の評判を聞きつけた企業や、団体、ホテル業界などから講演の申し込みが後を絶たない。

茉莉の成功を保はもちろん、誰よりも喜んでくれたのは銀次郎だった。木場の看板娘がメジャーになって活躍している。しかも深川気質を忘れないで、この土地のよさが自分を築いてくれた土台だとして話をしているといって、茉莉のことを娘のように自慢して回っていた。

生活のほうも経済的に安定し、長谷川の稼ぎに依存しなくてもよくなっていた。しかし、急に辞めてくれというのは、長谷川の暮らしのこともあるし、曲がりなりにも夫の保が入院してからこれまで、この人のおかげで私たちはやってこられたのだと思うと、無下にそれを言い出せないものがあった。

それに、富蔵にしても、これから先独りでやっていくことは難しく、たとえ長谷川のとってくる仕事でもやる仕事があるから、明日という日に目的があった。長谷川を辞めさせれば富蔵の生きがいとする仕事と時間を奪うことになってしまう。

茉莉は一度銀次郎に何もかもを話して、自分がどうしたらいいか、みんなに一番良い方向を相談して見つけようと思っていた。


明日は雛祭り、桃の節句である。京橋の店内には朝から『ひなまつりのうた』が流れていた。

茉莉は自分の机の電話に一瞬、そうほんの一瞬目が止まった。アイボリーホワイトの電話機が、何か茉莉に話し掛けたような気がしたのである。しかし電話機は、目をつぶって素知らぬ顔で、茉莉の視線を無視している。

茉莉が机を離れて一、二歩歩き出した時に、コール音が鳴った。電話は佳代からだった。めったに勤め先にはかけてこない佳代の「姉ちゃん」という声を聞いたのは覚えている。その後に佳代が何を言ったか、自分がどう答えたかすら覚えていない。来るものが来た、その言葉だけが茉莉の頭の中をぐるぐる回っていた。

そして、来る時が来ていた。

取るものもとりあえず、茉莉は病院に駆けつけた。保は一夜のうちに容態が急変していた。昨夜、茉莉が病室を出る時、保は眼をつぶったまま寝ていた。寝かしておこうと思って茉莉は病室を出たが、薄暗い病院の廊下を歩きながら、保が目を覚ました時に自分がいなかったら、かわいそうな思いをさせるかな……と思ったりした。家に戻るに忍びない思いで病院を出た。

橋本医師からは、いつその日が来てもおかしくないから、覚悟だけはしておいてください、と言われていた。茉莉の覚悟はとっくに、そう、あの日から出来ていた。

明日の朝は、どうしても会社に行かなければならない用件があった。朝一番に、前から約束していた茉莉の顧客が大阪から上京して来る。茉莉が出ないわけにはいかない。その席にちょっと顔を出し、後は佐伯に任せてすぐに病院に帰ればいいと思っていた。

病室に入ると保は機械に取り囲まれていた。沈痛な面持ちの橋本医師が、計器に眼をやっている。計器の中で僅かに波を打っていた緑の線が、茉莉が来ると同時に平らな一本の線になった。この人は私が来るのを待っていたと茉莉は思った。

橋本医師が聴診器を耳から外して、茉莉に頭を下げている。高く長い電気音だけが茉莉の耳をついていた。

保、四十八歳、命が尽きた音だった。

みんながいた。深川中の人が集まっているようだった。二人の子供は父の死に戸惑っていた。それほど突然であっけない別れだった。無理もない、誰も保に死がそこまで迎えに来ているなどとは思っていなかっただけに、悲しみよりも驚きのほうが先だった。父と母の姿がない。佳代がそっと言った。富蔵の心臓に悪いので、まだ知らせていない。それで美津が側に付き添っているという。

夕方、保を富岡の家に連れて帰ると、家の前には銀次郎始め木場の川並たち、一平を頭とした鳶の組員全員が居並び、揃って木遣りを唄って出迎えてくれた。手提げ提灯の灯が家の前の通りに揺れている。

鳶たちが唄う哀悼の節が高く低く、夜の深川の町にいつまでも流れていた。

# 三章　苦悩

保の四十九日の法要を不動堂で済ませた茉莉は、参列してくれた佐伯夫婦と夕食をともにした。佐伯が、落ち着いたところでちょっと話がしたいというからだ。

三人で芭蕉記念館に近い割烹、「みやび」に入った。ここの深川めしは、アサリの炊き込みご飯をわっぱで蒸したもので、保が何より好物にしていたものだ。茉莉は膳を四人分頼んだ。年配の女将は茉莉たちの黒い衣装を見ただけで判ってくれた。一膳は保への陰膳だった。

佐伯は茉莉に突然こう切り出した。

「茉莉さん、独立してご自分の会社を持ちませんか」

茉莉はびっくりした顔で由紀夫婦の顔をかわるがわる見ていた。今まで世話になってきた会社を出て独立するということは、暖簾分けならば聞こえはいいが、そうでなければ親元に後足《あとあし》で砂をかけて出てくるようなものだ。

「そんな不義理なことは……」

と茉莉が言いよどんでいると、

「まったく、この人の頭の中は、まるでご忠義第一のお江戸でございなんだから。じれったいわね。誰のためでもなく、自分のことを第一に考えなければ、これからの世の中渡っていけないわよ」

由紀が珍しくきつい調子で茉莉を説教していた。和馬はその妻をなだめて、

「そこが茉莉さんのいいところだろ。茉莉さん、話をよく聴いてほしいんだが、今の世の中、独立といっても決して不義理でも何でもなく、フランチャイズといって、自分のところの暖簾を分けて多店舗化を推し進めているところはいくらでもある。だから何にもマイナスに考えなくてもいいのです。あとは茉莉さんにその気持ちがあるかないかということだけです」

「それなら言いますね、正直いって、私もそろそろ独り立ちしたいなと思っていたの。今の自分を創ってくれたのは佐伯さんを始め、会社の皆さんのお力があったればこそと、それは充分わかっているのよ。雑誌やテレビの話だって、「ヨーロピアン・ドリーム」の

看板があったから持て囃されもしたけど、決して私、独りだけの力で今日の私があるとは思っていないわ。でもね、ここのところちょっと感じるのだけど、私、インテリア・クリエイトの世界ってもっと広い世界、様々な様式があると思うのね。だからもっともっと勉強がしたいし、挑戦がしたいの。そして大澤茉莉流、独特のインテリアセンスを皆さんに発表したい。けれど……。どうしても会社に所属していると、会社の売上げに貢献することが第一と思うから、不本意ながらお客様におもねる気持ちがあって、自分の世界とは違うところで商品と感覚をお薦めしていることがあって。申し訳ないな、そのことのほうがお客様に不義理をしていると思ってならなかったの。だから、思う存分、自由に広く私の目で選んだ世界中の品物の中で、私の感覚を発揮できたらいいなと思っていたのよ。

それで、いつの日か自分のインテリア感覚を具体的に展示できるスペース、そう小さなお店を持ちたいと思っていたわ。資金は佐伯さんのお陰で高い歩合を頂いてきたから、ずいぶんと貯めることができているの。後はお客様がどれだけ付いてくれるかにかかっているわ。今の会社に迷惑をおかけしないで」

茉莉はそこまで言うと息を一つ吐いた。

「見事です。ご自分の考えをそれだけきちんとまとめて、整然とお話しになれるというのは。分かりいい、実に明快です。茉莉さんの講演会に人が集まるわけが分かるような気がします」

「だから、私の親友は違うと普段から言っているでしょ」

　由紀の調子のよさに二人で笑ってしまった。佐伯は女二人の笑いが収まると、

「会社でも、いつまでも茉莉さんを拘束しているつもりはありません。茉莉さんに仕込んでいただいた若いコーディネーターたちも育ってきています。茉莉さんが築いた消費者と一体になって創造するインテリアは立派に会社に植えつきました。契約は二年ですが、実績はもう二年以上の数字を作り上げています。そこで、茉莉さんにもっともっと大きく活躍していただくために、茉莉さんに独立の意思があるのなら、百パーセント応援させて貰おう、これが社長の考えで、私が伝えにきたのです。

　茉莉さんこの話はあなたが築いた信用と実績の証《あか》しです。あなたの生き方そのものに対する評価です。社長を初め会社も全従業員も、あなたに期待と夢をもって見守りますから、ぜひ独立したらいかがですか」

「それほどまで言っていただけるとは思いませんでした。ありがとうございます。よく考えて決めますので、その節にはよろしくおねがいします」

「うちの人ね、この後、一週間後にはヨーロッパ、ロンドン支店に赴任が決まっているの。だから。もし茉莉ちゃんに独立の気持ちが固まったら、この人が日本にいる間の方が何か

と有利だというのね」

「え、佐伯さんロンドンに行ってしまうのですか。どのくらい？」

「今のところ三年といわれています。家を建てたばかりだし、娘は受験期で動けないから当分は単身赴任もしようがないかなと思っています。

茉莉さんのことは、京橋店の支配人、小野寺さんが引き継いでくれますから、安心してください」


茉莉は佐伯がロンドンに立つ前の日に、独立して会社を興すことを告げた。

社名は「夢工房21」、富岡の家に事務所を置き、来月六月の一日を設立日とすると報告した。株主には両親と妹、そして「平河」の銀次郎が加わってくれた。

富岡の家の家業は閉じることにした。富蔵が淋しがるかと心配したが、

「保さんでもいてくれりゃあ別だが。ちょうどいい潮時だ」

と言ってくれた。

長谷川の身の振り方は、銀次郎が一切の片を付けてくれた。女と年寄りにはこういう問題を解決するのは難しいといって。

長谷川は銀次郎と話し合った翌日の昼過ぎ、富蔵だけには挨拶をして自分の道具を持っ

て出て行った。

茉莉は複雑な気持ちで見送った。

自分たちの都合で、一人の男の生きる時間を、自分たちが勝手に使ってしまったようで、後味の悪さが残った。出て行く後ろ姿に何か声をかけてやろうとしたが、美津が黙って首を振っているのを見て、声をかけそびれていた。

「ああいう男は、根無し草なんだよ、ひとっ所に落ち着いて根を張ろうとする地道な生き方が出来ないのさ。行く先々で、その場その場しのぎの暮らしをするから、それが身についてしまうんだ。どこかで今までの自分を断ち切らないとねえ」

「ああ、もうちょっと、まっとうな奴だったら、佳代と一緒にさせてもと思ったが、あのまんまだろうな、あいつは」

富蔵がめずらしく人を悪く言った。

長谷川の姿はその日から、深川の町から消えていた。


茉莉のインテリア・コーディネートとコンサルティングの事業は順調に業績を伸ばし、徐々に徐々にではあるが客先も増えていった。

個人の顧客は「ヨーロピアン・ドリーム」の頃からの得意先が茉莉を慕って付いてきて

くれたし、何よりもありがたかったのは、顧客リストからピックアップしたカスタマーリストが「ヨーロピアン・ドリーム」の社長から、大切にしてくださいといって贈られてきたことだ。

そのリストを届けに来てくれた小野寺店長が、こっちは佐伯さんから預かっていましたと言って、会社と付き合いのある都内の工務店、施工業者、大手住宅建設会社の担当者名のリストを差し出した。小野寺が言った。

「これからは、個人のお客様も大事ですが、売上げを作ろうとしたら、やっぱり額が大きいのは法人です。会社関係の窓口をいくつか持っていると、安定した売上げ基盤が出来るので、それを元にして、大澤さんがやりたいことに挑戦すればいいのです。後顧の憂いをなくしておけますからね」

茉莉はありがたかった。自分の周りにはなんといい人たちがいるのかと、その人々全てに感謝した。今までもそうだった。茉莉と付き合う人はみんな初めから警戒を解いて付き合ってくれた。茉莉の持つ全体の雰囲気が、なんら不快な気を発しないため、相手も気を許すことができたのだろう。深川の町全体がそういう雰囲気をもった町だった。

茉莉は人間、同質の者が集まるというのは、良くも悪くも同じ質のなかにいると、安心していられるからなのだろう、自分は良い質を持った人々の中にいられてよかったと思った。

小野寺のアドバイスのように、確かに会社関係や法人と付き合っていると、仕事に広がりが出て注文が増えた。例えば、一つの会社で応接室のインテリアをデザインし、気に入られたとすると、次にはすぐに役員室、会議室、そして社長室の模様替えの注文が入ってきた。おまけに最後は社長の家が新築する時には、その夫人から相談を受ける。それだけこの時代の経済が元気だったこともあるが、もうひとつはやはり、大澤茉莉の名がものをいった。

誰がやった仕事か、誰のインテリアデザインか、の誰という名に価値があって〝大澤茉莉の〟それがステータスだったし、売り物、商品だった。

茉莉の会社が発足してから三年が過ぎていた。昭和六十一年、茉莉四十四歳。秋の入り口だった。

戦後、強くなったものに女性というのが一番に上げられたが、もうその言葉が死語になるほど、女性が強いということは珍しくも何ともない当たり前の時代になっていた。

その象徴的な出来事が起こった。この年の九月六日、日本社会党の委員長に、大阪弁丸出しの土井たか子が上田哲を大差で破り当選した。日本初の女性党首が誕生したのである。

茉莉は青山通りを渋谷方面に向かって歩いていた。確か骨董通りと名がついた信号を左に入れと言っていたと思いながら。

通りを左に曲がると瀟洒な店がセンスを競っていた。下町の深川から来ると、どこの国だかわからない、横文字だらけの世界が広がっている。

道行く若い女は誰もがみんな美しい。美しいことを誇示するように、何故かみんな顎を突き出して歩いている、茉莉にはそう見えた。

茉莉は手元のメモ用紙を開いた。これで三度目。メモの紙はその度にポケットの中から出たり入ったり、もうくしゃくしゃである。

青山通りから、骨董通りに入って信号二つ目の角、ビルの一階にその空間はあった。

茉莉の取引先、岡部工務店にこのビル一階スペースのリニューアルを頼んだ会社が、工事が済むと同時に倒産した。そのため岡部工務店はこの一階のスペースを、今まで貯まった代金の替わりに手に入れたという。通りに面した一階のスペースが百平米はある、かなりの広さだった。

岡部工務店の社長、岡部学は村越一平の二年下、〝睦〟の後輩だった。

一平は大学を出てから小石川にある一流のホテルに勤め、実直な人柄が買われて、今では責任あるポストについている。

茉莉がそろそろデモンストレーションをする店を持ちたい、と一平に相談すると岡部を紹介してくれた。

　ロケーションは申し分なかった。家賃は破格に安い。それも一平の口ききだったからだと思った。茉莉はまた、ここから新しい一歩を始めよう、と新店の地をここに決めてビルを出た時、偶然にもあの長谷川とばったり会った。

　この邂逅《かいこう》が茉莉にとって、暗く長い悲痛な日々の入り口だった。

長谷川はなんでここに茉莉がと言いたげに、しばらく目を見開いて立ち尽くしていた。紺の夏物の背広を着て、品のないカトレアの花模様のネクタイが、襟元からだらしなく垂れている。

　手にはビニール製の黒いかばんを下げ、それも、入れてあるパンフレットで大きく膨らんで、ファスナーが閉まりきっていない。見るからに売上げの悪いセールスマンそのものの姿だった。深川の茉莉の家にいた頃は、こざっぱりとした職人の形《なり》をしていた。今、茉莉の目の前にいる男は、やけに背の低さが目立ち、見てくれの悪い、およそ背広姿が似合わない、落ちぶれた風体の長谷川だった。

　茉莉はその姿をみて胸が痛かった。この人に世話になったこともあったのだと思うと、このまま挨拶だけで行き過ぎるわけにはいかない。

茉莉に情が出た。深川育ちの情けが湧いていた。

近くに、一時の話をするような適当なお茶を飲める店はない。見回すと通りの向こうに黄色い看板のドトールコーヒーの店がある。茉莉はとりあえずそこに長谷川を誘った。

長谷川は名刺を出した。「リフォーム・ユニオン株式会社」得意先営業課長の肩書きがついている。

「がんばっているじゃない。課長さん?」

「ええ、まあ、課長と言えば聞こえはいいのですが、なんでもやる課の長というか」

相変わらずだなと茉莉は思った。口の軽さというか、わきまえのなさというのが。

長谷川は照れくさいのかしきりに頭髪を耳の後ろに掻き揚げている。その手つきがどうも茉莉には気になった。男のくせに小指ですることもないのにと思って見ていた。

「ご発展の様子で。いろいろな雑誌で拝見しています。仕事仲間に知り合いだと話すとみんな信じてくれません。だから詳しく説明してやると、やっと本気にしてくれるから、嫌んなっちゃいますよ」

茉莉は長谷川が茉莉たち親子のことを、見ず知らずの男たちに得意になってしゃべっている姿を思い浮かべてぞっとした。嫌になっちゃうのはこっちのほうだった。

茉莉は深川に帰ってからも、長谷川に会ったことは誰にも言わなかった。

青山の店を開くことが本決まりになった。開店は九月の二十日として通知を出した。

茉莉は仕事の拠点を青山に移すために、店から歩いて五分とかからない、根津美術館の近くにある十二階建てのマンションの一室を買い、茉莉だけそこに引っ越してきた。

六階の茉莉の部屋からは青山墓地の森が一望できる。

さて、店は確保できたが、茉莉独りではやって行けない。

女子社員を一人、留守番に置いているが、何か心もとない。どこかに、今、私を手伝ってくれる誰か、それもしっかりした男性のパートナーがいてくれたらと、ふと茉莉は思った。

するとこれまで意識したこともなかった、自分が独り身である、という事実が茉莉の頭の中をよぎった。

子供の頃に見た、長門美保の劇『どろかぶら』の中で、旅の老人は三つの戒めを実行してそれを守っていれば、幸せにもなるし美しくもなると言った。その戒めを、私は本当に実行し、守ってきただろうかと自問してみる。

茉莉は周りの人の助けもあったが、戒めを常に心の隅においてやってきたから、今日の私があるのだと思った。では、もう一つの願いが叶うといった、美しさというのはどうだろうか。決して昔の私を知る人が驚くほどの美女に変わったとは思わないが、せめて歳相応の魅力、美しさは備わったのだろうか？

これまで自分の形振《なりふ》りにかまわず、おしゃれには気を使ってこなかった茉莉は、あらためて部屋の姿身の前にわが身を立たせて観た。大澤茉莉、とても四十過ぎとは思えない、若々しくどこかコケティッシュで、キュートな、上手に歳を重ねてきた一人のレディーが鏡の中から茉莉を見て笑っていた。茉莉は『どろかぶら』の旅の老人は嘘をつかなかったと思った。

茉莉の机の上に長谷川の名刺が置いてある。いくらなんでもあの人にはと思うと、茉莉はその名刺を破り屑かごに捨ててしまった。

外苑前の絵画館に続く銀杏並木が黄一色に色づいて、歩道一面に落ち葉を敷き詰めている。茉莉の店の前に植えられている花水木が紅色に葉を染めていた。

店の中はおよそ百年前の英国風の家具で格調高い居間が演出され、店全体がブリティシュトラッドで貫かれていた。ロンドンの極上の文化が、芳醇な香りを放つクラブの雰囲気をそのままに、美しいフォルムが店内の空間を豊かにしている。

店のガラス窓の向こうに一人の男が立って、そう、通りから店の中の様子を窺っている。少し経って行き過ぎたかと思うと、いつの間にかまた元の場所に戻ってきて中を見ている。

姿かたちから見て、とてもこの店と関わりがある人のようには見えない。

女子社員、山野尚子が、奥で雑誌社から頼まれた原稿を書いている茉莉を呼びにきた。

「へんなのです。気持ち悪いのです。男の人がさっきから……」

「だめよ、いつも言っているでしょ。自分の好みや先入観で人を見たら。いくら最初は変に見えた人でも、とってもいいお客様になっていただいたこともあるのよ。そうしたらちっとも変じゃ……」

茉莉はガラス窓に顔をくっつけ、手を振っている男を見て、やっぱり変な男だと思った。よく見るとその男は長谷川満だった。一瞬、茉莉は躊躇した。無視して奥に入ってしまおうかと思った。しかし、それよりも早く長谷川は入り口のドアーを開け店の中に入ってきていた。

「立派な店ですね。いつも通るたんびに見せてもらっているのです。まんざら興味のない世界でもないし。外国家具の金具の彫金が凝っているのをみたりして」

挨拶もなく長谷川は、ソファーの横に置かれたマホガニーのフリーチェストの前にかがみこみ、アンティークな真鍮の把手と直線を強調した木調の脚のバランスの見事さに見とれていた。

「お勤めの帰りなの？」

茉莉は言葉をかけてやった。

「帰りといえば、帰りのようであり。あそこの会社、先週で辞めたのです」

「じゃあ、今は」

「無職、今日はあの会社に、歩合の残金をもらいに来た帰りで」

「そう、大変じゃないの」

「そう、大変なんです。深川を離れてからこっち、なんにもいいことなし」

「心の持ち方一つよ。まあ、お茶でも飲んでいったら」

茉莉は店の奥の応接テーブルに長谷川をつかせてやった。尚子が紅茶を入れて、二人の前に出している時、裏の通用口から茉莉がロンドンにいる佐伯に頼んで輸入した、英国製のシステムキャビネットが家具専門の運送会社から届けられた。

木枠で厳重に梱包され、幾重にもクッション材で巻かれた一つ一つのパーツが合計で六十六。山のような品数で運ばれてきた。運送会社の社員と尚子が忙しそうに運び込んでは、伝票との照合をしていると、やにわに長谷川は上着を脱ぎ、その作業を手伝い始めた。

運送会社の社員からバールを借りると、小器用に木枠を外して、中から伝票を取り出し尚子に渡していく。中身の品物を傷つける心配は少しもない。慣れた手つきで黙ってひとつひとつ梱包を解いていく。その手際は見事だった。茉莉はさすが男だと思うと同時に、やはり店に一人くらいは男手が必要だと感じていた。品物と伝票の照合が終わると運送会社の社員は帰っていった。開店以来、最大の家具が届いたのだ。茉莉はこの品の組み立てと配置替えを、明日、尚子と二人でやるのかと思うと憂鬱になった。

長谷川が手洗いを貸してくれと尚子に言っている。そして戻ってくると、長谷川は意を決したように、茉莉の前に直立不動になって言った。

「俺、いや僕をここで使ってくれませんか。なんでもやります。真面目に勤めますし、給料もそちらで決めてもらっていいですから。何とか僕を雇ってくれませんか」

突然だった。茉莉は尚子の顔を見た。尚子は少し首を傾けて見せた。もちろん決めるのは社長の茉莉であったが、二人の間には無言のサインが出来ていた。尚子は反対ではないが賛成もしない。未知数だから社長が決めろと言っている。そのあいまさが茉莉の判断を狂わせた。

〝賢い女の愚かな選択〟とでも言おうか、その時、茉莉はこう言った。

「一週間だけ、見習ということで様子を見ましょう。あとは最後の日に決めるわ。辞めていただくか、本採用にするか、パートで時々来て貰うか、この三つに一つ。とにかく今夜はありがとう。助かったわ」

茉莉は長谷川に五万円の金を封筒に入れて、尚子の見えないところでそっと渡してやった。長谷川は押し頂くように受け取ると、内ポケットにその封筒をつっこんだ。茉莉は長谷川と二人だけの秘密を作ったようで、一瞬、嫌な思いがした。尚子のいる前で渡せばよかったと後悔したが、長谷川の男としてのプライドを考えてやったことだからと、忘れれば済むことだと思い直した。

翌日から長谷川が店に通ってきた。

どこから来るのかは、あまり深く立ち入りたくもなかった。交通費を清算する時に判るだろうと思って茉莉は聞かなかった。

一週間の試用採用と思って、茉莉は長谷川を使ったことは、深川の人たちには黙っていた。「平河」の社長の手を煩わせて辞めさせた男を、茉莉が何の相談もなくまた使っているというのは筋が通らない話だった。幸い深川の人たちが青山に来ることはめったにない。気取ったような横文字だらけの街の雰囲気は、茉莉の育った町の人たちにはどうも肌に合わないようだ。長谷川にも電話には絶対出ないようにと言ってある。

そんな茉莉の思惑をよそに、長谷川は尚子とも初日からすぐに打ち解けて、昨日入荷したシステムキャビネットの組み立てに取り付いていた。そのお陰で茉莉は締め切りの迫っていた原稿を書き上げることに集中ができた。

来客があると、長谷川は昔からこの店にいるベテラン社員のように、いささかも物怖じた様子を見せないで如才なく応対している。

茉莉が長谷川の客への説明を聞いていると、どこで調べてきたのか、茉莉のインテリアに対するコンセプトをちゃんと受け売りして話している。

この人はあのような伝統工芸を造る技能をもっているのに、どちらかというと営業に向いていると茉莉は思った。浮ついた気持ちを抑えて地道に勉強を重ね、この道に入ってくれば、一流の営業マンになれるのではないか。要は本人次第ではあるが、立ち直るチャンスを私が差し伸べて作ってやってもいい、亡き夫に少しでも関わりのあった人でもあるしと、長谷川を見る茉莉の目に少しずつ変化が出始めていた。茉莉は初日でもあるし、もう少し冷静に観察する必要があるとはわかっていても、店に男手がほしいと考えていたことが、長谷川を見る目をどうも贔屓目にしてしまう。

長谷川は誰が、どう見ても、風采の上がらない男に見えた。およそ店内の重厚な英国調の家具とはアンバランスな、見事に風采の上がらない男だった。安物の、ポケットの周りがテカテカ光っている紺の背広で、入り口に立っていられると、店の品格が落ちると尚子が茉莉に苦情を言った。その通りだとは思うが、茉莉からすれば、人それぞれに引きずってきた過去があって、人には言えない屈辱を乗り越えてきている人もいるのだから、形や風采だけで人をあれこれ決め付けて、見下げるような見方はするものではない。自分は何様だと思っているのだ、と人をそういう見方で判断する人に言ってやりたかったが、尚子の場合、若さ故の潔癖さが言わせていると許してやって、「何とか、しましょうね」とだけ言っておいた。

　長谷川の試用期間、一週間が過ぎていた。

　茉莉は長谷川を青山の店で手伝わせていることを、初めて銀次郎に話した。今まで黙っていたことを深く詫びて、長谷川に持つ自分の負い目みたいな、何か借りっぱなしでいるような割り切れない思いを正直に銀次郎に話した。

　黙って茉莉の話を最後まで聞いていた銀次郎は、静かに言い聞かせるように話し出した。

「もう、昔の茉莉坊とは違って、あなたは今では立派に独り立ちした事業者だ。そのあなたが善しとしてやっていることに、なんで私なんぞの老いぼれに気兼ねすることがありましょう。存分にやったらいいでしょう。私は何も申しません。あの男のことは、あの時にけりがついたものと思っています。

　酷なようでしたが、あの後、回状を出して、あの男はこの稼業では食っていかれないようになっていました。ですからそれだけに別の世界で苦労をしたと思います。あの男なりに。その苦労をしたことを己が成長する肥やしにしてこそ、男のけじめというものではないでしょうか。私らの世界ではそれが普通のことで、特別どうのこうのと自慢できたものではないのです。

ですから、深川という地ならともかく、青山のことですから、そこでおやりなさることに、私らがとやかくいうのは筋ではありません。今日こうやって話をしてくださったので、十分に筋はとおりましたから、他の者にとやかく言わせませんから、どうぞ安心してやってください。ただ、この安心というのは、あくまでも私らにかぎってのこってすよ」

銀次郎はその最後の言葉を言うところで、その日初めてきつい目をして茉莉を見つめた。茉莉は身のちぢむ思いで、年老いた銀次郎の目をうけて、小さな声で「ごめんなさい」と詫びていた。

富蔵と美津にも話を通した。二人はもう茉莉に小言を言う気力もなくなっていた。茉莉の話が済むと、良いとも悪いともいわずにテレビに目を向けてしまった。

妹の佳代は、二言三言、長谷川の様子を聞いてきたが、長谷川が姉の所に関わりを持ってきたことに、不快な思いを抱いているようだった。そのことは、茉莉に長谷川のことを聞く、聞き方一つで茉莉にはわかった。姉妹といえども、妹も女なんだ、その気持ちを汲んでやらないで長谷川を雇おうとしていることに、茉莉は何か妹に後ろめたさを感じていた。

「姉ちゃん、長谷川さん使うんだったら、今度は、最後まで面倒見る気があって雇ったの。

また、途中でというか、姉ちゃんの都合で辞めさすことにでもなったら、何か、あの人の人生をこっちの都合で良くも悪くもしているみたいで、勝手だと思うんだけど。筋が通らないいんじゃないの」

「この話は、あの人から使ってくれと言ってきたの。私もそこのところよく考えたわ。前のこともあるし、私はできるだけのことをしてやるつもり。あとはあの人の心がけ次第だと思うの。よくなってくれればいいし。そう願っているわ」

「それは、期待する方が無理というものよ。姉ちゃんだって正直そう思っているはずだわ。それを分かっていて使うんだから、それなりの覚悟があって使うのかと聞いているの。そうでなかったら少々のことがあっても、こっちに泣き言を言ってきたり、後始末のお鉢を持ってきたりしてほしくないというのが、私の本心。

でも根無し草の人が本当に根を張る気があるのかしら。ふらっと、また、どこかに流れていってしまうのが落ちじゃないかな。繋ぎとめようとしたのが、後でまた仇になっても知らないから」

茉莉は佳代の言うことは、富岡の家の者、全員の意見だと思った。

一平からその夜、電話があった。

佳代から聞いたがと断わってから、「あの男と関わりを持たない方がいいのではないか」

と忠告して来た。

茉莉は銀次郎に話した自分の気持ちを一平にも解ってもらいたかった。茉莉の話が尽きたところで、

「判った。茉莉さんの気持ちは判ったが、それがあの男に通じるとはどうしても思えない。だから賛成はしないが、自分としては反対もできない」

何かあったら、俺か学のところに必ず言って来い、といって電話を切った。

富岡の家は、茉莉の会社から充分すぎるほどの給料が、両親と佳代に支払われているので、以前とは違って楽な暮らし向きになっていた。それもみんな茉莉が明日という日に希望を持って、みんなが幸せな日々を送れることを願ってがんばってきたからであった。

しかし茉莉は、青山に店を持つと、子供たちを佳代に任せ、自分は青山で一人暮らしを始めた。さらに今また長谷川のことで、深川の人たちが必ずしも善しと思っていないことをやろうとしている。

茉莉は深川からどんどん自分が離れていくような感じがしてならなかった。

師走の風に追い立てられるように、茉莉は永代橋を渡って青山の店に帰ってきた。

表参道ではクリスマスのイルミネーションが木々の枝々に瞬いている。

茉莉は尚子と長谷川そして岡部学も誘って、忘年会を兼ねた食事会を原宿の「南国酒家」で開いてやった。

長谷川は外苑西通りにある、英国生地を専門に扱う紳士服店でオーダーメイドした、黒いダブルのスーツをその短躯な身に纏っていた。茉莉が店での仕事着にと、入社祝いに誂えてやったものだ。

宴席では紹興酒に顔を染めて、長谷川ひとりが饒舌に振舞っている。

話の中身は自分が深川を追われてから――本人は〝追われて〟とは言わずに深川をさも自分から出たように〝飛び出して〟と言っていたが、茉莉も学も、尚子の手前、黙って聞いてやっていた――自慢にもならないような職業の遍歴を、得意になって話していた。

茉莉は店内の装飾に目をやって、職業柄の習慣で壁材から照明、店内のアクセサリー、調度品などの品評を自分なりにやっていた。

学が茉莉の目線の動きを察して、小声で、

「いくら中華といっても、横浜ではないんですから、もう少しどうにか。この土地柄にあった店のインテリアを考えてもよさそうなものですね」

と言ってきた。

茉莉は茉莉の美学を以て同感だったが、やはりここの経営者は経営者なりの考えがあって、いかにも中華は四千年の太古より世界の中心とでも言いたげな、一見どこにでもあるワンパターンな装飾にしているのだろう。

「感情でものを言ったり、批判したりすることは簡単なの。ここは、これはこれでいいのかもしれないわよ。いかにも主題がはっきりしていていいじゃないの。感覚の良し悪しでなくて、そこに主張があって」

「おや、社長はこのくどくどしい感覚をお認めになるのですか」

長谷川が二人の話を聞きかじって、割り込んできた。学がむっとしたような眼を長谷川に向けている。

「そうね、認めるとか、認めないとかというと、とっても私が傲慢のようで中国に対してもこちらの経営者の方にも失礼で嫌だわ。それほどの者ではないんですから、私も日本も。ただ、どう見るか、どのように参考にさせて貰うかというと、私の場合、最初から全部を否定したり、批判的な眼で見たりするのではなく、どうやって私の感覚をこの中に上手く融合させられるだろうかと考えてみるの」

「なるほど、いつも社長がおっしゃっている、受け入れる心と和する心、それですね」

尚子はさすがに飲み込みが良かった。

「山野さんは、大澤先生の一番弟子だけあって、よくわかっていますね」

学の賛辞に尚子は得意顔をして、親指を立てて振って見せた。それが少しも嫌味でないばかりか、彼女にはチャーミングでさえあった。

今の若い人は直接的に嬉しさや怒りを、態度や仕草で表現できて羨ましいと茉莉は思った。

「すると、二番弟子には僕がなろうかな」

長谷川の傍若無人な台詞に三人は顔を見合わせてしまったが、茉莉がすぐにフォローしてやった。

「そうね。たくさん勉強して、早く一人前になってね」

しかし長谷川はまたしても無神経な言葉を吐いた。

「なあに、こんなもんは、すぐですよ。一年もすれば、もうあっちこっちから先生、先生です」

さすがにこの言葉には、普段大人しい学が席を立って怒った。

「おい、今の言い草、取り消せ、先生に失礼だろう。謝れ」

周りの客の目が一斉に茉莉たちのテーブルに集まった。

学のほうがしまったという表情をして席についたが、長谷川を睨み付けた目はそのままだった。長谷川は学の剣幕に驚いて、

「軽い冗談なのに、本気に取るなよ。謝るよ、謝りますよ。社長すいませんでした」

小さい声で言ったその言葉には誠意もなければ、自分の暴言の意味さえ判っていない様子がありありだった。山野尚子が白けた顔をして、目の前のグラスを一気にあおった。

茉莉は茉莉で先ほど飲み込んだデザートのライチが、いつまでも胸のあたりから降りていかない感覚を持て余していた。

当の長谷川は、もう涼しい顔をしてウエイトレスをつかまえ、紹興酒の瓶を振って見せ、指を一本立てている。

四人が店を出た時は時計の針は十時を回っていた。

原宿、表参道は喧騒の坩堝にあった。若い勤め人たちのグループがいる。その脇でどこから来たのか、いつ、どこに帰るのか分からない十代半ばの子供たちが、異様な色と形の服を引きずるように着て、男友達と絡み合いながら徘徊している。

茉莉はいつからこの東京は、こんなに品のない街になってしまったのだろうか、と思ったりした。

山野尚子と学はJR原宿駅に出て帰ると言って、茉莉と長谷川を残して別れて行った。

長谷川はどちらともいわずに茉莉の側にいる。

深川の人ならこんな時は、あっさりと別れて、人の時間の中に立ち入ってこない粋さを持ち合わせているのに、長谷川の無粋さに茉莉は〝困った人だ〟という眼で横にいる長谷川を見た。

その眼つきを長谷川は誤解した。誤解というよりも自惚れといったほうがいいのかもしれない。

「この女はひょっとして、俺のことを……俺に気があるのかも」

女に日ごろからモテナイ男ほど、自分本位な考えかたをする。ずうずうしいというか、身のほど知らずの厚かましい思い込みにのめりこむ。しかし、時にはこの自惚れが功を奏し、瓢箪から駒といわれるように、結びつくことがあるのが男と女の世界の不思議なところでもあるのだが。この時は茉莉にとってはこの長谷川を、そのような男性の対象とは微塵も考えていなかった。かえって逆に疎ましくさえ思っていた。

それがこの後、茉莉と長谷川の二人の間に何があったのか、茉莉の心にどういう変化が現れたのか。とにもかくにも二人の距離は急速に縮まっていく。それが自然の成り行きでないことだけは確かで、偶発なのかもしれないし、男の意図的なものかもわからない。

ヤマアラシのジレンマのように、いくら寒くて淋しく、温め合いたくても、近寄り過ぎたらわが身の針で相手を傷つけ、自分も傷つく。お互いに傷つけ合わない距離を保っていればよかったものを、ふと魔がさしたのか、どうにも説明がつかない心境で茉莉は、近寄って来たこの男を受け入れ、密着しすぎたために、茉莉は塗炭の苦しみを味わうことになっていく。

長谷川は満を持したように茉莉に仕掛けてきた。

「今晩のお呼ばれのお礼に、私が行きつけの面白い店が渋谷にありますから、これからちょっと寄っていきましょうよ。払いは私が持ちますから、ね、ちょっとだけですから」

「でも、もう今夜は遅いし、また、明日の朝も早いでしょ。またにしましょう」

茉莉は早く一人になりたかった。料理の油っぽさの残骸が胃の中で固まりだしている。その気分を一刻も早く家に帰り吐き出して処理してしまいたかった。

「大丈夫ですよ、明日の段取りは、山野さんともう済ましてありますから。それにちょっとご相談もあります。これからの僕の身の振り方で……」

「…………」

「十二時までにはお帰しします。約束します。車を拾えば、五分で着きますから」

茉莉は五分で着く所に行けば、この胃がむかむかする不快な塊を早く取り除くことができるかもしれないと思って、

「本当に、ちょっとだけですよ。でも、そんな大事な話をちょっとだけの時間でできるのかしら」

といった時は、長谷川はタクシーを拾っていた。

長谷川の〝行きつけ〟という店は、渋谷警察の裏手、金王神社脇にある雑居ビルの地下にあった。

『黒薔薇』という文字が下品な真紅で書かれてあるドアーを開けると、男とも女とも分からない嬌声が耳に飛び込んできた。

茉莉は来なければよかったと一瞬のうちに後悔した。だが、長谷川に背を押されて気がついた時は、ボックスの奥に座らされていた。


「ご・ぶ・さ・た！」

と長谷川に言って脇に来た女を見て茉莉は息を飲んだ。先ほどから持ち続けていた胃の不快感など、この女？を見た途端、どこかに恐れをなして逃げ出してしまっていた。

「こちら、有名な大澤茉莉先生。今、僕のボス」

「あらあ、小澤《おざわ》先生って、あのインテリアで有名な？」

「おさわじゃないよ、おおさわ、おおさわ、お・お・さ・わ・ま・り」

茉莉はもうどうにかなりそうだった。自分の名前がこの時ほど疎ましく聞こえてきたことはなかった。

「はじめまして、ゆきデェース。先生の大ファンなんです。光栄です、お目にかかれて」

ゆきと名乗ったホステスの他に、二人ほど得体の分からない女が加わった。一人の女の頬から顎にかけての肌は青黒かった。その陰の上にファンデーションが白く粉を噴いている。

「先生、驚いたでしょ。この人たちは決して化け物でも怪人でもありません。何というか、男であって女であり、女になって男でない、セックスを超越した神の創造物とでもいいましょうか」

「まあ、満《マン》ちゃんのお上手が、久しぶりに聞けたわ。お祝いにボトル入れてもらおうかなあ、ニューボトル、ニューボトル」

長谷川はこの店では満ちゃんだった。

茉莉は隣に座った女に、できるだけ触れないようにして、手洗いはどこかと小声で聞いた。

「ご案内します」と言われても困る。私は正真正銘の女だからと思っていると、

「大丈夫です、共用のものですから」

と言って、その女は店の奥に茉莉を案内すると、行儀よくその場から離れていった。

茉莉はここがそういうところかと、話には聞いたことがあるが、まさか自分が体験しよ

うとは思わなかった。そう思って改めて店の奥から店内を見回した。

それにしても今、私をここに案内した男の、人の心を読む素早さには感心した。何か秀でるものの一つや二つはそれぞれにあるものだと思ったりした。

手洗いは思っていた以上に清潔だった。隅々まで手入れが行き届いて、店の雰囲気とは違ったアンバランスな清々しさがあった。そうはいっても早くここから脱出しなければならない。長谷川を置き去りにしてでも、こんな不可解な世界に一時たりとも長居をするつもりはない。そっと出ていこうにも、出口はずっと向こうの青い避難灯のところで、他に出口は見当たらない。茉莉は出口の扉までこれほど長い距離を感じたことはなかった。まるで迷路に紛れ込んでしまったような気がしていた。

時計を見ると十一時半を指している。後、三十分でこの地階の魔界から自由になれる、何が神の創造物だ、悪魔の創造物ではないか、その異人たちと後、少々つきあっていればさよならできるのだ、茉莉は覚悟を決めて我慢することにした。

席に帰ると、長谷川が隣に寄ってきた。

新しいスコッチが肩から名札をつけて立っている。それには満&茉莉と書いてあった。

長谷川がホステスたちを遠ざけたようだ。さっきまで側にいたどの女も、止まり木に溢れそうな尻を載せて、向こうを向いている。怪しげな男の二人連れが入って来た。女たちの関心がみんなそちらに向いたところで、長谷川が小声で話してきた。

「福島の二本松にいるお袋が……、交通事故を起こして、相手の車を修理しなくてはならなくなっているのです」

長谷川は先ほどまでの顔を一変させていた。額に皺を寄せ、目をしょぼしょぼさせて苦痛に満ちた表情である。貧相な顔が余計に貧相になっている。

「旦那にはその金を出してくれと言えなくて、僕のところに昨日泣きついてきたんです。いくら縁の薄い母でも、たった一人の母ですから……、どうにかしてやりたくて……」

長谷川の目にうっすらと涙が浮かんでいる。

茉莉はそれ以上聞きたくなかったし、男の涙など見たくもなかった。要は金の無心なのだ。

「それで、いくらいるの？」

という問いに、長谷川は間髪いれずに、

「三十万」

と答え、そして、

「すいません、働いて返します」とつけたした。

茉莉は青山の自分の部屋に戻ると、服も着替えずにベッドの上に倒れこんだ。

なんという長い一日だったのだろうか、こんな疲労はもう二度と味わいたくない。目を閉じていると、休まるどころか次々にあの忌まわしい店の情景が浮かんでは消え、消えては浮かんでくる。止まり木に座っていた女たちが、一斉にこっちを向いて笑っている。その顔が目の前で揺れ出した時、玄関のチャイムが鳴った。

茉莉は反射的に飛び起きた。胸は高鳴り膝が笑っていた。こんな深夜に誰だろう。留守を装って出ないでいようか。息を殺していると、チャイムが二度鳴った。いるのは分かっているといいたげな鳴り方だった。

ドアースコープからそっと覗いてみると、屈強な男の後ろ姿がある。その男が振り向いた。岡部学が怒ったような顔をしてこっちを見ている。茉莉はほっとして、ドアーチェーンを外した。

「すいません。お帰りが遅かったので心配していました。叱られまして、一平の兄貴に。長谷川さんと一緒に残して私たちは先に失礼したと言うと、どうして最後まで家に送っていかなかったかと。今すぐ家に行って、なんでもなく帰っているかどうか見て来いって、それはえらい剣幕で。ちょっと電話をかけさせていただけませんか」

学は一平に電話をしている。

「はい、はい、わかりました。はい。それでは」

短く、それだけだった。そして余計なことは聞かずに、黙って頭を下げると、

「それでは、失礼します」

と言って出て行った。その間僅か三分も経っていない。学が出て行ったあと、茉莉はそっとドアースコープから外の様子を見ると、学がまだドアーの前に立っている。茉莉が錠を下ろすと、その音を確認したかったのか、学は一つ頷くと、エレベーターホールに向かって去っていった。

茉莉の頭はすっかり平静に戻っている。深川のお不動様に助けられたようだった。

歳の暮れが迫っていた。昨日で大方の会社は御用納めをして、青山の街は人影もまばらである。

御影石の歩道に冬日がビルの影を長く伸ばしている。

向かい側のビルの影が、通りを渡ってきて、茉莉の店のウインドーを翳《かげ》らす頃が四時になる、その影が忍び寄るのを茉莉はじっと待っていた。

四時から店の大掃除を始めることになっていた。といっても、普段から店内はきれい好きで片付け上手な尚子の手によって掃除が行き届き、整然としている。だから、掃除は大

きなごみのまとめと、外回りの清掃に、ウインドーのガラス拭きくらいだ。三人で持分を決めてやれば、一時間はかからない。長谷川が外回りの掃除を受け持った。この男は掃除だけはまめにやる。店の中でも暇があると、専用の布をもってすみずみまで拭いて回っている。尚子はその姿を見て気色が悪いと言った。まるで、かいがいしく働く主婦のようだ、病的なまでに細かく埃にこだわるから、そこに熱中している姿が変質者のように見えるという。

長谷川がショウウインドーに外からホースで水をかけている。ガラスの表面を滝のように水が流れ、幾筋もの水の帯が逆光に光って揺らめいている。

その揺らめく水の流れの向こうに、無心になって働いている長谷川の姿があった。

茉莉は、ウインドーの水掛けに熱中している長谷川を見て、何の縁か分からないが、深川で知り合ったあの男が、今そこで、私の店の汚れを落としていると思うと、人間のつながりなんて、いつどうなるか判らないものだと不思議な思いに捉われていた。

この男を使ってよかったのか悪かったのか、今のところ正直いって私には分からない。この後あの人がどうなっていくのか、いつまで私の所にいて、将来はどうしようと思っているのか、それもわからない。あの人が決めることであって、私がとやかく世話を焼くことではない。

それにしても何を考えているのだろうあの人は。そう思いながらウインドーを見ていると、突然、水の流れが消え、透き通ったガラスの向こうに長谷川の顔がこっちを向いて笑っていた。

茉莉は暢気なその笑顔を見て、何はともあれ、あのようにあの人が笑って年の瀬を迎えることができたのだから良しとするか、と自分にいい聞かせ、長谷川に笑い顔を返してやった。

この微笑が長谷川の気持ちの中に、二つ目の自惚れの火を点《とも》した。

掃除が終わって、簡単な打ち上げ会をやろうと、三人で渋谷の公園通りにある居酒屋に食事がてら呑みに行った。茉莉はアルコールを全く受け付けない。鍋物を注文し、刺身を盛り合わせてもらうと、テーブルの上は三人では食べきれないだけの料理や酒の肴が並んでいる。茉莉はこういう時は、思う存分、賑やかに、テーブルの上を覆い尽くすほどの品物を並べるのが好きだ。少しずつ様子を見ながら一品一品後から追加するような頼み方はしない。食事は賑やかなほうが楽しいし、美味しいに決まっている。茉莉の世代はどうしても、あの戦後すぐ食糧難の頃を思い出してしまう。食べることに無駄は嫌だったが、貧しい思いをするのはこりごりだった。食事のテーブルが賑やかなことは、それだけ世の中が平和だということなのだ。

長谷川の飲む量に負けないくらい、尚子もよく呑みかつ食べる。これが若さというものだろうと、尚子の食べっぷりに見とれていると、尚子が茉莉に聞いてきた。

「社長は、暮とお正月はどうするのですか」

「どうするって？　そうね、別に決めていないわ、どこに行ってもいっぱいだし。都内のほうがかえって静かなのよ。東京は」

「尚子さんは？」

「私、新潟の湯沢にスキーに行くんです」

「もちろん、彼とだよなあ」

長谷川の口出しを尚子は無視しながら、

「グループ予約が取れていて。温泉に入って、スキーして、温泉に入って」

「まあ、どっちなの、予約が取れたのは、温泉、それともスキー？」

長谷川がまた何か口出しそうにしている。どうせ言ってもくだらない駄洒落で、「私、温泉好き〜」くらいは平気で言う。茉莉は長谷川にも話を振ってやった。

「あなたは、どうするの、何か予定でもあるの」

「別に何もなくて、寝正月です。会社が始まる五日まで長いですよ。今日から八日間、テレビもない部屋で、生きていかれるかなあ」

「まあ、おおげさね。でも、独り身の正月なんてみんな似たり寄ったりよ」

「そういえば、私、発見したのです」

尚子が素っ頓狂な声で言いだした。

「ここにいる三人、偶然にも独り身なんですね。いいなあ独り身という言葉。独身とか単身、チョンガという言葉より、とっても何か怪し気《げ》で、危な気で」


長谷川の住まいは、茉莉の会社に入ったことで、今まで住んでいたという新宿百人町から渋谷・並木橋に引っ越してきたそうだ。定期券は渋谷、外苑前間を持っているが、時たま自転車で会社に来ることもある。

茉莉はそんな、男の独り暮らしなど想像もしたくもなかったが、どんな部屋かは知らないがおよそ見当は付く。テレビもなく狭い部屋の万年床の中で、遊びに来る相手もいない長谷川が、ごろごろしている姿を思い浮かべると、ほんの少しではあるが憐れみを感じた。

佳代が言った言葉が思い返された。

〝生殺しするつもりか〟というのと同じ言《い》い種《ぐさ》だと思った。

その言葉に反発するように、茉莉は出さなくてもいい情をこの男に出した。

巧妙に茉莉に近寄ってきた長谷川の、思う壺に片足を入れてしまった。

「どこにも行くところがないのなら、私の部屋を使っていればいいじゃない。私は深川でお正月を済ませてくるから。テレビもあるし、冷蔵庫の中のものは何を食べてもいいから」

「いやあ、そんな。いくらなんでも」

「わあ、いいな。長谷川さん。よかったじゃない」

この尚子の言葉が長谷川をその気にさせたし、茉莉に残っていた躊躇を捨てさせた。

「社長が、お帰りになるまで、きれいにして出て行きます」

「寝室にさえ入らなかったら、後はどこを使ってくれてもいいわ。火と戸締りだけには気をつけてね」

茉莉は、長谷川を信じるしかなかった。何とかなるだろう、正月が過ぎてまた普通の日が戻れば、元の生活に戻せばいい。そのくらいの軽い気持ちに切り替えていた。

食事が終わって、今年最後の挨拶を交わしての別れ際、茉莉は尚子を側に呼んで、スキー行きの小遣いを渡してやった。そして別に言っても言わなくてもいいのだが、

「長谷川さんが、うちで正月をしたということは、誰にも言わないこと、いいわね」

と口止めをしておいた。

深川の正月はとにかく長い。

富岡八幡宮、お不動さんに永代寺、その他諸々の神様や仏様が軒を連ねているものだから、参詣する人たちで町はいつまでも賑わっている。

昨日も正月、今日も正月、そして明日も明後日もずうっと正月である。毎日やって来る正月を返上するなんて、深川ッ子の名が廃る、正月の終わりを決めるのは、先様次第といいたげに、門前仲町界隈はその月いっぱい正月をやっている。

深川で正月を過ごした茉莉が、青山に帰ってくると、この町にはどこにも正月の余韻がなかった。気の早い食べ物屋では、二月十四日のバレンタイン・デー商戦に突入している。

約束どおり、長谷川は正月の四日の晩に、自分の塒《ねぐら》、並木橋のアパートに帰っていた。

テーブルの上には置手紙が残っていた。

お世話になりました。こんなにゆっくりといい正月を迎えられたのは、何年ぶりか分かりません。遠慮なく冷蔵庫の食べ物頂きました。お酒は自分で買ってきました。ありがとうございました。

とある。まともに挨拶ができるようになったではないかと、茉莉は長谷川の手紙を読んだ。部屋の中は茉莉が出かけた時と同じように片付けてあった。

月末の給料日がきていた。山野尚子がご機嫌である。新調した有名ブランドのワンピースが仕立て上がってきたからだ。茉莉がお年玉の替りにといって誂えてやったのだ。

今では、尚子は「夢工房21」に欠かせない人になっている。名刺には店長の肩書きがついていた。講演会などで茉莉が地方に出かけ、二、三日、店を空けても尚子がいれば安心だった。そして、この娘のよさは何よりも口が堅い、余計なことは一切言わずに、言っていいことと悪いこととの区別をしっかりと弁《わきま》えていた。二十五だというのに、見てくれはまだ十八かそこいらにしか見られないが、一度、応対を受けた客はその嫌味がなくしっかりした口調で、はっきりと物を言う尚子をすぐに信頼してくれた。

茉莉はそんな尚子を見ていて、昔、「ヨーロピアン・ドリーム」で会った青年、名前すら出てこなかったが、あの向こう気の強そうな、それでいてどこか人を惹きつけて離さない、不思議な魅力を持っていた若者を思い出していた。あの人ならどこに行っても、上手くやっていけるだろうと。

長谷川を渋谷の客先に使いに出してから、もう三時間になるのにいまだに帰ってこない。それればかりか連絡もない。英国のカタログを持たせて、二つに一つの品を決めてもらうだけなのに、たとえ昼を外で食べてくるにしても、もう昼時はとっくに終わっている。このところ、何かと外に用件を作っては出かけ、鉄砲玉だと尚子がこぼしていた。

城西銀行青山支店の得意先課長、上村康が部下を一人連れて入って来た。奥のオフィステーブルに着くと上村は開口一番、

「お申し付けのあった、融資の件、三千万まで大丈夫です。審査が通りましたから。担保物件もしっかりしていますし。それに売上推移を入金リストで見ましたら、すごいですね。毎月、前月対比百二十パーセントでコンスタントに伸びているのですから、この分で行くと、月商三千万はすぐそこですね。しかも取引先がみんなしっかりしているところばかりですから、後は税金対策と設備投資にどれだけ回すか。そうそう、お給料の現金、持ってまいりました。できたらこれも早く振込みにしたほうが」

といって、出されたお茶に手をつけた。

表のドアーが開いて長谷川が戻ったようだ。長谷川は上村らを見ると、いやに大様に声をかける。

「ああ、ごくろうさん」

店員の物言いではなかった。それでもさすがは上村である。椅子から立ち上がると、きちんと礼をして「お戻りですか」と愛想を言った。長谷川は、

「一件、大きいのを決めてきましてね」

といって笑ってみせた。何のことはない。カタログを持っていき、前から茉莉と尚子が薦めていた二つの物の、どちらかに決めてもらってきただけなのだ。尚子がきっとした顔で長谷川の後ろ姿を睨んでいる。定時の六時になって店を閉め、給料を支払おうと茉莉が

二人を呼ぶと、どうも二人の様子がおかしい。尚子が何か言いたげにしているが、長谷川がそれをなだめているようである。二人の間に何かあったらしいが、茉莉は介入しなかった。

長谷川には独り身の社員にしては、充分すぎるほどの賃金を支払っている。そのせいか、以前とは違って、貧相な雰囲気は多少薄れて、着る物も身につける持ち物も、センスは悪いがだいぶよくなってきていた。茉莉はやはり経済力がつくというのは、多少なりとも人間を変えていく。ぼろは着てても心は錦というのは、今の世の中ではいい得ていないと思ったりした。余裕から生まれる心の豊かさだってあるはずだ。だから、長谷川ももう少し時間をかければ、心にも余裕が出てきて人間が変わるかもしれないと期待するものがあった。その期待が長谷川につけこまれる隙を作っていたとは知らずに。

茉莉の部屋で正月を過ごしたことをきっかけに、長谷川は増長していった。

賢い女の愚かな選択と、愚かな男の勘違いが微妙な綾を織って絡みだしていた。

「食事にいきませんか。美味しい焼き魚を食べさせる店をみつけたのです」

初めのうちは長谷川も慇懃に茉莉を食事に誘ってきた。独りで夕食を摂るのもおっくうである。女独りでどこに入って食べていても、惨めさみたいなものは拭いきれない。たとえ長谷川のような男とでも、仕事の話でもしながら食事を摂れば時間は紛れるので、茉莉は長谷川の誘いを受け入れてやった。一週間に一度が、三度となり、茉莉が講演会などで帰りが遅くならない限り、毎晩になり、それが習慣になって二人で食事に行くのが当たり前のようになっていった。食事代もいつの間にか茉莉が払うことが当たり前になっている。

そして、外食ばかりでは味気ないという長谷川の言葉に、それもそうだろうと思った茉莉は、部屋で茉莉手作りの食事をつくってやるようになる。いくらなんでも二人だけでということに警戒した茉莉は、最初の頃は尚子も呼んで三人で食事をしていた。

食事が済むと、長谷川は尚子がいるのもかまわずに、食器の後片付けを始め、洗い物まででしていった。本人は、うまい料理を作ってくれた人に対して、せめて僕ができる感謝の気持ちだとか言っていた。

茉莉は独り住まいのあじけなさに飽きていたのかもしれない。人が来て食事をして、話に花が咲いて笑い声が起こっている家の中に、久しぶりに味わう家庭の温かさを感じていた。キッチンで洗い物をする長谷川の姿に、人の中身はどうであれ、温かい家庭人の幻影を見ていた。

バレンタイン・デーがきていた。珍しく東京は雪化粧である。

深川、木場の雪景色も風情があったが、外苑西通りの落ち着いた、どこかヨーロッパの街の裏通りを思わせる街に降る雪景色もまた格別だった。

茉莉は青山の街が好きになっていった。

深川の濃い人情で繋がった町にいるよりも、他人の目を気にしないで気楽に住んでいられる、この冷たい都会的な街が今の茉莉には住みよかったのかもしれない。

店の前の枯れ枝となっている花水木の樹が雪を積もらせていた。私がここに来た時よりもずいぶん大きくなったと茉莉は感じた。雪に耐え、氷雨に耐えて、やがて暖かな春が来て、持て囃される桜の盛りが静まる頃、この木は白く上品な花をつける。茉莉はこの花水木の慎み深い花の咲き方が好きだった。

「もう少し、辛抱しているのよ、必ず春が来るから」

茉莉は雪に震えている小枝に語りかけてやっていた。


昨夜も長谷川は遅くなって茉莉の部屋に帰ってきた。茉莉は寝るに寝られず、長谷川が帰ってくるまで起きて待っている。自分の家なのだから、先に寝ていればいいと長谷川は言うが、茉莉はそれができない性分なのだ。どんな小さな物音でも目聡《めざと》く起きてしまう。起きてしまうと、次に寝付くまで時間がかかる。

茉莉は長谷川の帰りを待つ間、何度も首を振っていた。

なんで、こんな生活になってしまったのだろうと。それは茉莉の後悔ではなく、夢と現実とのギャップの大きさに対する戸惑いだった。

どことなく春めいてきた二月の下旬、長谷川が茉莉の部屋に、手荷物一つ持って並木橋のアパートから越して来てもう三月になるが、尚子以外は誰もその事実を知らない。

茉莉が長谷川を家に入れたのは、最初は同情だったのかもしれない。次には思い違いが、そして見てはならない夢をこの男の上に抱いた。自分の力でこの人を人並みな男に何とかできるという自惚れがあった。錯覚をした。そして最後に意地になって、その意地に麻痺していった。

長谷川はしたたかだった。茉莉の心の移ろいを動物的な勘で捉えては、茉莉の心と時間と財産を弄《もてあそ》び、苛《さいな》み、貪《むさぼ》りだした。

長谷川の豹変がはじまった。

茉莉が地方の講演会などで不在の時は、朝は定時に来たためしがなくなった。店に出たら出たで奥のオフィスの椅子に座り、どこの誰とも分からない女と長電話をしている。

新しく取引を求めてくる業者には、自分がいかにも責任者のごとく振舞い、山野尚子が店長なのにもかかわらず、勝手に国内の業者から、およそ売れそうにもない商品を仕入れている。

それとなく長谷川の変わりようを察した茉莉は、二人だけになったところで、もっと自

覚をもって真面目にやって貰わなくては困る、ときつい口調で自重を促した。長谷川は
「何の自覚か」と聞いてきた。茉莉は、自分が描いている長谷川への期待を話した。

「あなたがしっかりやってくれたら、いずれはこの店をあなたに任せて、二人で力をあわせてこの会社を大きくしてやっていきたいの」

茉莉が言った自分への期待を、この男はまた自分流に自惚れの秤にかけた。

「この女は、俺なしではいられなくなった。俺の力に縋ってきた」と。

今度は尚子が変わってきた。

社長が長谷川を甘やかしているといって茉莉を責めた。そんなことを口に出すのも嫌っていた彼女の口から、茉莉は驚愕的な台詞を聞いた。

「社長は、そんなにあの男に抱かれるのが大事なのですか」

茉莉は思わず尚子の頬を打ってしまった。

「ごめんなさい」

すぐに謝った。尚子を打った右手の掌が疼いた。尚子は、

「私が失礼なことを言ったのが悪かったのです」

と言ってくれたが、表情は暗かった。

茉莉は自分がいないところで、長谷川が何をどう言っているのか恐ろしくなった。

長谷川と一緒に暮らすようになってから、今日という今日まで、茉莉は一度も身体の関係はもったことはなかった。確かに茉莉は四十半ばの女盛りだった。そして小柄ながら誰よりも健康で、エネルギッシュに仕事もこなしている。健康で充実していればこそ、女の生理として本能的な欲求にも敏感に反応する。心を許した男性が側にいれば、性の欲求も正常に起きてくる。

茉莉はその覚悟もあって長谷川と一緒に暮らし始めた。二人の時は二人の時間を過したかった。それで長谷川が満たされて、いいほうに変化していってくれるなら、身も心も差し出していいと思っていた。ところが、長谷川は夜、ベッドに一緒に入ってもその素振りは見せるが、いざとなると何かと身体の不調を訴えたり、酔った振りをしたり、一晩中話をしっぱなしで朝を迎えたりと、茉莉の身体をただの一度でも抱こうとしなかった。

茉莉はもう、この部屋で夫婦同然の生活をしているのだから、心身ともに一つになって分かり合いたいと思っていた。もし、長谷川が私を大事に思ってくれて、何もかも見栄も虚栄もかなぐり捨てて、ありのままの姿で私の胸の中に飛び込んできてくれるのなら、しっかりと受け止めてやろうと思っていた。

その夜も長谷川は、茉莉が浴室から出てくると、茉莉に背を向けて寝てしまっている。しかも軽いいびきまでかいて。その眠りがいつもの狸寝入りなのか確かめようと、そっと

顔を寄せていくと、長谷川は寝ぼけた声で、

「疲れているんだ、今夜はかんべんしてくれ。また今度な」

と言って、自分だけ深い眠りの中に入っていってしまう。

茉莉は決して男に抱かれたいと思って、寝ないで待っているわけではなかったし、体が求めることに飢えていたわけではなかった。どちらかというと夫婦の営みには淡白といったほうが当たっていた。茉莉は次第にこの男の身勝手さにいたたまれない苛立ちを覚えていく。何も抱いてほしくて苛立っているのではない。男と女が一つ屋根の下で、こうして生活をして、行く先のことを話しながら、共に歩いていこうとしている間柄ならば、相手を大切に想う気持ちの表し方として、身も心も全て、身体ごと求め合って表現し、確認しあうのが自然だ。それがお互いを必要とする証しになると思っていた。長谷川はそれさえもしない。第一、女の私に失礼だと思った。

「あの女は、しつこくってね、毎晩迫ってくるんだ。毎晩。かんべんしてほしいよ」

長谷川が誰彼かまわず蔭で、特に店に来る取引先の若い社員等には露骨にそう言っているというのを、尚子から聞かされた時、茉莉は愕然とした。ひどいことを言う男だと思った。

それは全くの長谷川の作り話なのだ。たとえそんなことがあっても、人前で話す話題で

はないし、まして、それを言われた相手の心の痛み、悲しみなどをこの人は少しも分かっていないない。分かっていないからそのようなことを平気で言うのだろう。

第一そんなことを口に出して、自分が恥ずかしくないのだろうか。自分の価値を下げるだけなのに。茉莉は馬鹿な男だと思うと同時に長谷川がわからなくなった。

茉莉はそのレベルの話に自分が話題になること自体が汚らわしく思えて、一切を無視した。長谷川にもそのことに触れた注意はあえてしなかった。同じ土俵に上がりたくはなかったからだ。

子供の頃から、人から言われる謂れのない悪口や中傷はとことん無視して、その言葉の暴力の嵐が通り過ぎるのを、じっと耐えて待つことに茉莉は馴れていた。いつかそんな話題は消えてしまう、そして真実は何かが分かる時が来ると思いながら。

しかし、その対応を賢いやり方だと思いがちだが、大人の世界は子供の世界と違って、相手はもっと狡猾で、陰湿だった。

茉莉が黙っていることをいいことに、長谷川の言葉の暴力は卑猥さを増して茉莉を中傷していった。

茉莉の無視した態度が裏目に出たのだ。相手を増長させたばかりでなく、いかにももっともらしく、うまく作り上げて話す長谷川の話に、ひょっとして本当なのかも、そんなものかもしれないと、思いこむ者が出てきてしまう。小さな火種のうちに消しておけばよかったものを、噂話に渇望している都会人の、貧しい心に放たれた燎原の火は瞬く間に広がっていった。尚子までもが、どことなくよそよそしい態度を取るのが感じられる。

茉莉は長谷川が自分をいたぶるわけが、何にあるのかを考えていた。どこにその理由があるのかを思い巡らしていた。

人を責めるのはたやすい。誰しもが自分にもある欠点を棚にあげておいて、責める矢印を人に向ける。しかし、後になって考えると、自分にもそんなところがあると気づくと、あの時、あんなに責めなければ良かったと後悔することが多い。不動堂の住職がよく言っていた。

「人を責めてはいけませんよ。責める感情は自分の身体を傷つけます」

と。茉莉はその通りだと思った。しかし、茉莉は長谷川からそのように言われることは何もしていないし、思い当たる節は何もなかった。

「私が何をしたというの、私に何をしようというの」本当にひどい男だと憎んだ。

茉莉は自分へのよからぬ噂が広まるにつれ、眠れぬ夜が続いた。冷静に考えるコントロールさえ失いかけていた。講演会の申し込みがあっても、とてもその気になれず、体調の不調を理由に断ってしまうことが多くなった。店に来る客足も減少しだしている。

長谷川を今すぐに解雇して断ち切ればいいのだが、長谷川が自分をいたぶるそのわけが分からないまま、解き放ってしまうと、一生そのことを引きずって、生きていかなければならない気がして、何とか自分に納得がいく理由が見つかるまで、この苦しみの中で探し出してやろうと思った。

直接、長谷川に詰問してもこの男はとぼける、嘘をつく、そして開き直る。手を挙げようとしたこともあった。誰にも相談できなかった。相談できることでもなかった。

幸い、一平と親しい岡部学は北欧のストックホルムに、外断熱材建築の研修に出かけ当分帰ってこない。だから、一平にはもちろん、深川の人間には茉莉が黙っている限り、公にはなっていない。そのことも、長谷川をいい気にさせていることの材料だとは茉莉は判っていない。

長谷川はここ二、三日、青山の茉莉の部屋にも帰っていない。会社も無断欠勤である。いなければいないで茉莉はそれも気になる。経理士の薄井が、電話で茉莉に忠告してきたことがあった。交際費の中に、どうもいかがわしい店の受領伝票が、ここのところ増えている。経費で落とすには、ちょっと目立ちすぎるというのである。金額も、月でまとめると百万を越す。誰を接待しているのか、茉莉は知っているのかと聞いてきた。

尚子に店の会計は全て任せている。今まで一度も間違いを起こしたこともないし、信頼して金の出入りには気にも留めなかった。経理士もいるし、銀行の上村もしっかり管理してくれているから、ここ半年の帳簿は見ていなかった。

尚子に聞くのも信頼を傷つけるようで、茉莉は薄井の経理事務所に出向いた。問題の伝票を見てみると、銀行への支払い指示書には、茉莉の判も、尚子のサインもある。正式に整った支払い指示書と受け取りだった。その受け取り先はあの長谷川と一度行ったきりの『黒薔薇』だった。茉莉は店に帰って尚子に書類を見せながら、問い質してみると、尚子は社長も承知だから、このように判ももらってあると言って、長谷川がその店への振込みを指示してきたという。

尚子は最後に冷たい口調で茉莉にこう言った。

「あんな長谷川みたいな男を、いつまで置いておくのですか。社長がいつ辞めさせるか、いつ辞めさせるか、それを待ってやってきたのに」

「ごめんなさいね。あなたにも不愉快な思いをさせて」

「私は、お金の迷惑は受けました。そんなものはくれてやる気でいますから、いいのですが、社長があの男の言いなりになって、店が駄目になっていくのが我慢できないのです」

「長谷川にお金貸したの？　いつ」

「それはもういいんです。それよりこの店は開店以来、私の心の拠《よ》り所でした。社長を尊敬して一生懸命やってきたのに……」

尚子は悔しくて泣いている。自分が働いて築いてきた道を汚い泥足で汚されたことを。

「もう少し待って、きっとまた元のように、いいようにするから」

「もう、遅いんじゃないですか。なんていうか「夢工房21」という船は沈みかけているのですよ」

尚子はそこで言葉を切った。そして覚悟を決めたように、茉莉を正面から見て言った。

「社長が一向に辞めさせないというのは、あの男に何か弱みでもあるのですか。今ではこの経営者気取りで、私にも命令口調に言います。この伝票の件でも、おかしいなと思ったのですが、お二人がいいと言っているものを、他人の私がとやかく言えませんから、長谷川さんの言うとおりにしました。長谷川さんを切るか、私を辞めさせるかどっちかにしてください。こんな乱れた会社になってしまったところに、私いたくはありませんから」

「あの人も、根っから決して悪い人ではないと思うのよ。昔、あの人に世話になったことがあるから、いつか、経済的にも安定したら、落ち着いてくると思って、それで……」

「その辺の事情は、前に岡部さんから聞きました。でも、もういいのじゃないですか、充分に。根っから悪い人はいないとおっしゃいましたけど、根っから悪い人のほうがあの男より質はいいですよ。あの男、鵺《ぬえ》みたいです。やっていることはハイエナです。最低。社長知っていますか。あの男がこれだということを」

尚子は掌を外側に向けて自分の頬に持っていった。

「まさか、気持ちの悪い。顔もきれいじゃないのに」

「だって、この先の洋品店の従業員さん、男の方ですがその人はれっきとしたその道の人で有名です。はっきりしていて少しも違和感がないくらいです。その人が、あれは間違いないって、同性の見る眼に狂いがないと言っていました」

尚子は、今日は早退させてくださいと言って帰っていった。

茉莉は尚子が言った〝これ〟という仕草を自分でもしながら、そうだ、それに違いないと独り頷いていた。

普段から長谷川は、自分はいかに女にもてるか自慢話をよくしていた。こんな男がそれほど女に相手にされるわけはないと、その与太話を適当に聞いていたが、尚子の言うとおりだとしたら、何もかも符丁があってくる。長谷川が茉莉と一つベッドに入っているにもかかわらず、側に寝ている私に何もしてこなかったというのは、女の身体を愛せない男だったのだ。いつか長谷川と偶然に会ってお茶を飲んだ時、あの時の髪を掻き揚げる仕草が、どうも気になったことがあった。それがその系統の男だとしたら合点がいく。渋谷の『黒薔薇』にしてもそうだ。

茉莉を淫らな女と言いふらして、自分の男を誇示して見せたのも、女にいかにもてるかの話を聞かせたのも、自分の本性を隠すためのカモフラージュだったのだ。

女を愛せない男、男との交わりに快楽を見出してしまった男、そしてその自分を隠そうとして必死になって演技している男が長谷川満だったのだ。

茉莉は長谷川のアブノーマルな生き方が気の毒になってしまった。深川を追放されてから、その道に入ってしまったのか、入らなければ生きていけなかったのか、と思うと茉莉は心が痛んだ。

どうりで茉莉から多額な金を、何かと最もな理由をつけて持ち出すはずだった。

長谷川には別に愛人がいたのだ。それも男の。そこに貢いで自分をその男に繋ぎ止めていたのかもしれない。茉莉は自分の愚かさに呆れていた。情けはかけるべき人にかけてこそ活きてくる。自分が長谷川にしてきたことは何だったのだろう。ただの自己満足にしか過ぎなかったのではなかったか。長谷川から見れば、恩を過剰に感じているただの金蔓の女、それが大澤茉莉であったというだけなのかもしれない。そうは思いたくはなかったが、それは事実だとも思ったりした。

時の流れに乗り、室内装飾という世界で持て囃され、事業が順調にいき足元を固めないうちに、独りの男に義侠心を出して救い上げようとしたのが、傲慢だったのだろう。この男を私に配剤したのは天の戒めだったのだろうか。

今の茉莉の苦悩は、長谷川を、茉莉が我流に思うところに振り向かせようと悶々としていた苦悩と違って、己の甘さへの苛立ちに変わっていた。

この人と一緒にいたら私まで駄目になる。結論を出そう。何もかもこの人に取り上げられ失ってもいいから、私は一から出直そう。

私には明日という日がある。明日という日を今の生活のように、先が見えない憂いばかりがある苦渋の日でないようにしたい。好い日の明日を迎えたい。

まだ大丈夫。まだ大丈夫。今ならまだ大丈夫。茉莉は自分を励ましていた。


茉莉はしばらく青山の店を休むことにした。尚子が出てこなくなってしまったからだ。長谷川に客の相手をさせるわけにはいかない。それでなくても、長谷川が店にいることで客足が遠のいてしまっていた。

店の商品展示のコンセプトもあったものではなかった。売れるからといって長谷川が仕入れたペルシャ絨毯もどきの品は、店の雰囲気を壊し、売れないまま奥の倉庫に山積みになっている。

店がしばらく休むと電話で聞いた長谷川は、その日以来、連絡が途絶えた。

彼に任せていた個人客数人から、今、現金で払うなら二割引にするといって集金して回り、その金を持っていったままだった。二千万円近くの金だった。

茉莉はよほど横領で警察に届け出ようかと思った。しかしまだ、その金を持ち歩いているのかもしれなかったし、はっきりと犯罪の事実がない今の時点で、それもできない。たとえそうであっても、犯罪者を自分の周りから出したくもなかった。

長谷川の音信が途絶えてから一週間が経った。

その日、まだ朝の八時前だというのに、茉莉の部屋の電話が鳴った。

警視庁高井戸署だという。「大澤茉莉さん」と確認した電話口の向こうの男は、保安課の仁科警部補と名乗った。

茉莉は直感で長谷川が何かしたと思った。

案の定、電話の男は「長谷川満、四十歳。この男をご存じですか」と聞いてきた。次に「ご関係は」と聞かれたので、「うちの会社の社員です」と応えると、仁科警部補は「その方が、今、高井戸西病院に運び込まれている。関係者がいないので困っているから、なんとか、十時までに病院に来てもらえないか」と言う。

詳しくは病院にいらした時に説明しますと言って、電話は切れた。

長谷川は片腕を無くして病院のベッドにいた。右肘の上、力こぶのできる上のあたりからきれいに切断されてしまったそうだ。麻酔がまだ効いているので、本人はまだ自分の腕がなくなっていることに気が付いていないという。

仁科警部補の説明によると、昨夜遅く、といっても今日の未明、午前零時三十二分、井の頭線永福町駅でその事故は起きたそうだ。上り下北沢駅止まりの最終電車が永福町のホームに入ってきた時、ホーム上の二人の男がもつれ合うようにして、電車の十メートル前に転落した。運転手がブレーキをかけたが間に合わず、二人は車両の下に消えた。一人の男は全身打撲で即死。そしてこの男は、ホーム下の隙間と車両の間に挟まれるようにして倒れていた。命が助かったのは奇跡に近いという。

現場検証の結果、酔っ払いの転落事故で処理したが、一緒に落ちたもう一人の男の身元が今ひとつはっきりしない。どうも女になった男のようなのである。つまりゲイ・ボーイで、渋谷にあるその種の店『黒薔薇』の女名前の名刺を持っていた。今朝から渋谷署を通して関係者に連絡しているが、いまだに連絡が取れないという。

「長谷川満さんのほうは、実は本人がいう福島の二本松の実家に連絡をしたのですが、電話に出た方が、うちとその男とはもう一切関係がないので関わりたくないといって、病院に来ることを拒まれてしまった。本人がまだ意識がある時に、やっとあなたの住所と電話を聞けたので。

それと今ひとつ、これは私の憶測なんですが、この長谷川という男は、もう一人の男に、どうも無理やり引っ張り込まれたようなんです。運転手の証言では、急に一人の男が、もう一人の男の腕をつかんで、もつれるように電車の前に……」

「無理やり？」

「そう、無理やり、だからおかしな話ですが、無理心中、男同士の」

「男同士の？　またなんで？」

「よくあるんですよ。同性愛者が愛に破綻すると。死んだ男の左手にしっかりと長谷川の切れた右腕が握られていたのです。鋭利な刃物でスパッと切れたようになっていたので、救急隊が捜したそうです。片腕を。繋げるかもしれないと思って。でもどこにもない。車体の下から出てきた時はもう遅かったそうです」

茉莉はできるだけその光景をイメージに浮かべないように、目を閉じて聞いていた。

「まあ、命を取り留めて、手が切れたということでしょうか。この長谷川という男にとっては。そこで、この人の身元引受人になっていただきたい。書類はここにあります」

病室に入ると、長谷川は目覚めたばかりだった。右腕を失った事実をまだ分かっていない。彼の身体全体の感覚と意識の中にはまだれっきとして、彼の右手はあるようだった。

なんと言っていいか分からなく、黙って自分を見下ろしている茉莉に、長谷川は、

「あいつは……？」

とだけ聞いて、あとは黙って目を閉じている。

涙が頬を伝っていた。長谷川の体が小刻みに揺れて、涙を拭った左の手がそのまま自分の右肩に触れて、下の方に辿った時、そこから先、彼の左手が触るものは何もなかった。二度、三度と左手は肩とその先を繰り返し辿っている。大きく見開かれた長谷川の目に向かって茉莉は、冷淡なようだが事実を告げてやった。

「そう、あの人と一緒に、死んでいったのよ。あなたの片腕は」

長谷川は、驚愕の目をさらに見開いて、ガタガタと震え出した。そして、天井に向けて開けた口から、声にならない嗚咽を吐き出していた。

茉莉は、今すぐにもこの男を断ち切りたかった。〝手切れ〟という言葉が暗示のように頭に浮かんだ。しかし、茉莉の性分としてそれはできなかった。深川育ちの気質がそうさせなかったのかもしれない。

「今は、傷を治すことが第一でしょ。あとのことはそれから、二人で考えましょうよ」

茉莉はそう言ってしまったあと、せっかく背から下ろしかけた荷を、また担ぎなおしてしまったような、重苦しい気分が湧き上がってくるのを感じていた。それでも茉莉は、

「どうにかなるわ。今はそうしろと私の中の私が言っているのだから。この人の傷が癒えて、どうにかやっていけるまで、面倒を見てやろう。このまま断ち切っては、後味の悪いものが残るだけだし」

と自分にいい聞かせていた。

茉莉の事業は、経営者の茉莉が仕事に集中できないだけ、正直にその成績は落ち込んでいく。せっかく築き上げてきた基盤は崩れかかっていたし、信用も失いかけていた。求められている企画を満足に立てることができない。納期が守られない。そして見積もり額の出し方が、説得性を欠いているという評判が立つと、一気に客足は離れていった。

茉莉は正直、ここに来て長谷川の面倒ばかりをみていられない。それどころではなかった。何とか事業を立て直さなければならなかった。

そんな困窮の中でも茉莉は長谷川の面倒を見つづけていた。一月間の入院から退院して三カ月が経っていた。

茉莉の大好きな夏が来ていた。

しかし、茉莉は深川に足を向けられないでいる。妹の佳代からはいつ帰ってくるのか、子供たちも待っていることだし、皆が心配していると言ってきた。仕事が忙しいから、祭りには帰れないと嘘をつく自分が茉莉は情けなかった。

長谷川は夏物背広に腕を通さず、肩から羽織るように着て、失った片腕を見えないようにカモフラージュしている。その姿で店に出入りされていると、せっかく来店してくれた客も眉をひそめて出て行ってしまう。

そこで茉莉は、長谷川が店に来ると、金を持たせ、都内のデパートの家具売り場や、横浜・元町の家具専門店に市場調査と称して観て回るように頼み、できるだけ店の中にいないようにしていた。

長谷川の性格は片腕一本失っても変わらないばかりか、そのハンディを背負ってこれから生きていくことに自棄になっている。

長谷川のいない時に、店の電話に女から電話が入るようになったのもこの頃からだ。女の身体を愛せない男と、この女が知った時どうするのだろうと、茉莉は女に嫉妬する気はなく、長谷川と関わった女のことのほうを心配していた。

夏枯れ期を向えた店は売上げが上がらなくなると、支払い関係に追われるようになる。仕入先への支払いが遅れがちになる、かといって深川の家族に支払う給料を遅らせることはできない、銀行への借入金の返済は待ったなしである。

茉莉が蓄えていた預貯金の残高は見る見るうちに減っていった。

その原因は長谷川という男との関わりにあることは分かっている。分かっているがそれだけに、茉莉は誰にも相談できず、一人先行きの不安に眠れぬ夜が続いていた。

茉莉の誠実は長谷川にとっては、都合のいい金蔓でしかなかったようである。

会社としても身体的欠陥を生じた社員の長谷川に、障害者給付金が受けられるように手続きをしてやっていたので、生活費は困らないはずである。それにもかかわらず、長谷川は茉莉に金を無心し続けてきた。

茉莉のところに顔を出す時は、金の用だけになった。

茉莉は自分がそれを拒絶した時、この男が何をするか分からない。自分が被害者になるということはこの男を加害者にしてしまう。茉莉は、一度は自分が受け入れた長谷川を加害者として公にはしたくなかった。

空が澄み渡り、掃いたような雲が神宮の森の上を流れている。

夜の蒸し暑さがやっと消えかけた秋の入り口、九月の初めに、長谷川が茉莉の家を出て一人で暮らしたい。それには部屋を借りる金がいる。何とか三百万を用立ててくれないかといってきた。「女だ」と茉莉は察した。

茉莉は覚悟を決めた。

この人は人非人そのものだと思った。人の心を持っていない男に、人の心で接していっても無駄であったことを悟った。遅かった。しかし自分の我が招いた結果だけにどこにもその怒りを持っていきようがなかった。

「もう、私にはあなたに貸すお金の余裕は一銭もないの。それに、貸してあげたい気持ちが私の中にどこにもなくなった」

茉莉は、これまで一度も口にしたことのない、断りの言葉をはっきりと長谷川に言った。長谷川のいう部屋を借りるための金だというのは嘘だった。

「三百が駄目なら、二百。百でもいいんだ。あの女に返さないと、俺」

茉莉はじっと長谷川の目から自分の目を離さなかった。

ここで情を出したら私の負けになると自分の情と闘っていた。長谷川の眼は空ろに泳いで、光は消え濁りきっていた。

「お終いにしましょう。あの六階の部屋、今月で私、出るの。だから、あなたの物、管理人さんに預けておくから、持っていってください」

長谷川は黙って頷いていた。力が抜けたように立ち上がると、肩を落として出て行った。惨めそのものの姿で、ショウウインドーの前から消えていった。

「終わった」

その思いが茉莉の全身を駆け巡っていた。

茉莉は、〝さあ、明日からまた、私らしい私を始めなければ、まだまだ、先は長いんだから〟そう思うと、久しぶりに永代橋から大川を見てみたくなっていた。

# 四章　再出発

茉莉は事業の建て直しに真剣に取り組んでいた。尚子に連絡をしようかと思ったが、あの辛い日々を知っている彼女と、また顔をあわせて毎日を送るのも気が引けた。

この際、過去は過去として一切を断ち切ってみるのも、新しい力を生むかもしれない。そう思って茉莉は二人の女子従業員を雇った。

三十二歳で、離婚歴があるという井関京子、そして家具のデパートO商会にいたという二十七歳の独身、落合知美。この二人ならお互いに補い合いながらうまくやっていってくれると思った。

次に、資金的な建て直しのために、茉莉は青山のマンションを手放した。売り急いだにもかかわらず、地の利のよさが幸いして、購入時の倍近い値で買い手がついた。

西青山不動産の川内武は茉莉が青山のマンションを購入した時の担当者。茉莉が手放したいと言った時、

「大澤先生、いい時かもしれませんよ」

と、茉莉には意味不明な説明をして、すぐに買い手を見つけてくれた。

昭和六十三年、世の中は浮ついた好景気に酔っていたが、茉莉たち深川っ子に親しみ深い、天皇陛下の容態がすぐれないニュースが連日流れていた。

深川と天皇陛下、この話は子供の頃から、茉莉たちは大人や年寄りから、「何しろ有難く、勿体無いことだった」と、始終聞かされて育った。そのせいか心の中で、天皇という人の存在をどこよりも身近に感じていたし、親しみをもっていた。

昭和二十年、三月十日の東京大空襲で下町が焼け野原になったあと、三月十八日この日、天皇（昭和天皇）は東京の街を戦災状況御視察のため巡幸をされた。深川地区巡幸の際、陛下は富岡八幡宮境内に立寄られたという。

そのことに恩を感じ、感動した氏子の有志が、戦争に負けたあと、昭和二十三年八月、戦後初めての富岡八幡宮御祭礼が行われるに当たって、御輿を担いで皇居、二重橋に参上した。そして時の富岡宣永宮司が、謹んでご挨拶の口上書を読み上げたそうである。つまり、義理堅い深川っ子の陛下へのお礼参りが行われたというのである。

西青山不動産の川内武に茉莉は自分の新しい住まい、賃貸マンションを探すように頼んでおいた。二つ返事で引き受けた川内は、表参道、弘潤会アパートの裏手に、こぎれいな部屋を見つけてきた。

そして今は賃貸でいい、新しいのを買う時期ではない。それを大澤先生はよく知っていらっしゃると、前と同じ意味不明なことを言って、自分勝手に茉莉を買いかぶっていた。

茉莉は面白い男だと思った。

この人は不動産の売買成績もいいだろう、この人の好い口調と、すぐ実行してくる行動力に親しみをもった。何しろいつも表面は爽やかだった。

徐々にではあるが、店の業績は向上の兆しを見せてきた。

何よりも、新しく雇った二人が、茉莉がこの事業を立て直そうとする意を汲んでくれて、

「もう遅いから、早くお帰りなさい」

と、茉莉が進めても、

「もうちょっとで、企画書ができあがりますから」

と言って、就業時間などお構いなしに仕事に打ち込み、協力した。

茉莉は二人が入社した時に、正直に今の会社の苦しい状況を話した。そして過去の実績の数字を示してここまでに戻したいと目標を告げた。それからゆっくりと、なぜ業績が落

ち込んでしまったか、その原因は自分にあったと、長谷川との二年近い苦しい日々を話して聞かせた。最後に、

「私はどんなに苦しいことがあっても、明日という日に希望をもって立ち向かっていく。だからきっと立ち直ってみせる」

と言って二人に協力を求めた。

茉莉の話が済んだ時、二人は感動した面持ちで茉莉を見上げていた。二人の手にあるハンカチは涙でよれよれの美しい布になっていた。

一週間後には、二人は自分たちで話し合って決めた、自分の持分を着々とこなしだしていた。

特に落合知美の企画する催事は、その発想がすばらしかった。

今までの顧客リストをパソコンに入力して、所得、購買力、好み、性格などを分析し、顧客層をA、B、Cにランク付けをすると、そのランクそれぞれに向いた商品を催事の期間に限定して取り揃え、案内状を出した。その案内状もパソコンで彼女が創った、分かりやすく、親しみのあるチラシ、パンフレットだった。

それに対して、パソコンに弱い井関京子は、電話攻勢で営業を積極的に展開した。

知美からもらったカスタマー・リストを自分なりに地域別に分けて、その土地土地の話

題に触れながら、顧客に親しみやすいトークで商品を案内していく。もちろん、知美の企画した催事の案内を必ず最後に話すことを忘れない。二人の呼吸はぴったりと合って、車の両輪のようだった。

茉莉は新しい時代の事業のありかたを二人に教えられた気がした。待っている商いでなく、打って出て行く攻めの営業展開だった。いかに顧客のニーズにあった商品を取り揃え、顧客本意の、好みに合わせた商品のデモンストレーションが必要であるか、もはや大澤茉莉のネームバリューは補足にしか過ぎないことを。その戦略が見事にあたった。茉莉の店は「私の好みを理解してくれる店」という評判が広まっていった。

茉莉の講演会は、陛下の容態が日増しに思わしくないことの影響を受けて、催事を自粛するところが相次ぎ、このところ開店休業の有様だった。

そこで茉莉は、この機会に自分がしなければならないことを片づけておこうと思った。長谷川の置き土産ともいうべき、売掛金の支払いが滞っている客先が、四軒ほどあった。いずれも、長谷川が以前やっていたリフォーム会社で、一つは長野市、そして今ひとつは千葉の成田市に、残りの二軒は都内にその会社はあった。

その未集金の回収は茉莉の仕事だった。

一軒あたり平均で二百五十万円、総額で一千万円弱の売掛金の回収である。頑張ってくれている二人の手前、茉莉はなんとかこの金を、自分の力で回収しておきたかった。再三、電話をかけて、責任者にコンタクトを取るが、いずれの相手もこちらが女だと思って、茉莉の督促話をいいかげんに受け流し、一月伸ばしにしたり、もう振り込んであるとその場しのぎの嘘でごまかしたり、一向に誠意はみられなかった。何度目かの督促の電話をかけた長野の会社などは、

「天下の大澤先生が、いつからそんなに金の亡者になったのか。長谷川とは今どうなっているんだ」

と乱暴な口調でいい、

「週刊誌にこの情報を流せば飛びつきますよ」

と逆に脅かしてくる始末である。茉莉はほとほと厄介な客先に手を焼いていた。

月末になって、その月の営業成績が再出発以来、最高の数字を示したことを祝して、茉莉は知美と京子を労《ねぎら》うために、近くのフランス料理の店に予約をいれようとした。二人にそのことを前もって話すと、年配の京子がまず断って反対した。次に知美も頷いて、京子に賛成すると、おもむろに茉莉を諭すように話し出した。

「社長、お気持ちは分かります。ありがたいと思っています。でも今月の数字は、私たち

にはまだまだ不本意な数字です。これくらいの数字では、まだフランス料理なんか早いですよ」

京子が知美の言葉のあとを引き取った。

「そうです。焼き鳥屋で一杯がいいとこです。それに……、まだまだ経費を切り詰めましょう。油断大敵ですから」

三人は、京子が行きつけの店があると言って連れて行った、南青山の路地裏に洒落た飲食店が並ぶその一軒「串やま」に入った。八つのカウンター席と四人がけの椅子席が三つの小ぢんまりとしたその店は、店内はすべてカナダ松材のアイボリーで統一した内装で、上品で落ち着いた雰囲気の店だった。揚げ物を出す店にもかかわらず、換気にも気を配り、店の中は油独特の嫌な臭いなどはどこにもなかった。

三人が店に入ると同時に、「毎度」という威勢のいい声が迎えてくれた。それと同時に、店の奥にいた先客が、「大澤先生」と大きな声で呼びかけてきた。西青山不動産の川内武だった。彼は一人で来て飲んでいた。

茉莉は川内に知美と京子を紹介した。そして良かったら一緒にどうかと薦めると、川内はすぐに自分のビールが入ったジョッキをもって茉莉たちが着いたテーブル席に移ってきた。

飾り気のない、気さくな男はすぐに二人の若い女性たちと打ち解けていた。

川内が自分は三十八歳だと自己申告すると、店のどこからか、「嘘だよ、四十だよ」という声がかかった。「すいません、私、嘘をついていました」すぐに立ち上がって詫びた川内の台詞に三人は笑い転げていた。

茉莉は久しぶりに笑った。心に何も拘る物がなく、心から笑うことが、これほど身体の奥から温かくしてくれるとは思ってもみなかった。

注文した串揚げを、珍しいことに茉莉は相当食べたにもかかわらず、少しも胃に負担がこないのは不思議だった。それを京子に告げると、京子は、

「それは社長、楽しい仲間と、愉快な話で笑って食べると消化にもいいし、胃のほうはいくらでも入ってらっしゃいというものですよ」と言い、

「うまいお酒があれば、なおいいわ」

と付け足した知美は意外と酒豪だった。

川内が手洗いに立ったようである。二人の女性に彼は好感を持たれているのがよくわかった。川内はそれでは僕、まだ、行くところがありますからと言って、先に店を出て行った。

三人が席を立って、勘定を払おうとすると、川内に頂いて済んでいると店主が言う。

川内のきれいな引き際に、茉莉は深川の男の粋を見る思いがした。そして、ふと川内に、

長谷川が残していった未回収金のことを相談してみようかと思った。

茉莉は川内を昨夜のお返しに昼食をご馳走するといって呼び出した。

青山学院大学の裏門近くに在る青南会館が静かで、フランス料理のランチをやっている。しかもリーズナブルで相手にそれほど負担を感じさせないから、お薦めだという京子のアドバイスを受けて、茉莉と川内はその会館に入った。サーモンマリネがオードブルで出たあと、魚貝類のサラダはオリーブ油と醤油がミックスした和風仕立てのドレッシングで程よく味付けしてあり、メインディシュはすずきのムニエルだった。パンはバスケットに盛られていて好きなだけとって食べることができる。

川内はマナーを弁えていた。上品な手つきでフォークを口に運んでいる。その一口をフォークに載せる量と、口の開き加減と入れ方がいかにも食べなれていることを表していた。

ひととおり、茉莉の話を聴き終わった川内は、しばらく考えていたが、懐から出した薄手のアドレス帖を開くと、モンブランのボールペンでその電話番号をテーブルナプキンに書き写して、茉莉に渡した。

「今晩、八時にそこに電話してください。私からの紹介だと言って。電話をしておきます。たぶん、大丈夫でしょう。その手の仕事のプロですから」

「恐い人ですか？」

「ええ、恐い人です。と言ってもその筋の人ではありません。私の仕事の関係で二、三回この男に依頼して、問題を片付けてもらったことがありますが、ビジネスはビジネスとしての付き合いだけです。しかし、依頼されたことはきちんと掟を守ってやる男です」

「掟ですか。何だか裏の稼業の方みたい」

「大丈夫です。僕がいますから。それに大澤先生は深川の方でしょ。ならば、下手は打たないと思います。ただし、報酬をはっきりとしておきましょう」

川内ははっきりしていた。小気味が良かった。要点だけを決めると、川内は意外にも、茉莉の会社の京子と交際したいが、先生の内諾をえておきたいと、照れながら言い出した。

茉莉は、川内の紹介する男に、懸案になっている四軒すべての金の回収を依頼することにした。成功報酬としてその男に経費を含めて回収金額の四割を払い、五パーセントを川内にコミッション料として茉莉が支払うことで話がついた。

茉莉はたとえ四割五分の金が消えても、今は残りの金が戻ってくるならば、自分の労力と時間と、精神的な苦痛を思えば、それで解決をしておきたかった。

茉莉は八時になって、知美と京子が帰ってから、川内に教えてもらった男に電話をかけた。

三度コール音が鳴ると相手が出て、丁寧な口調で、渋い声の主が「ムライでございます」といった。茉莉が川内の紹介を受けたと言うと、

「伺っております。恐れ入りますが、電話をかけ直すので番号を教えてください」と言う。ずいぶん警戒心の強い人だと思ったが、頼み事をするのはこちらなので、茉莉は会社の電話番号を告げた。茉莉が受話器を置くとまもなく、その男、ムライから折り返しに電話が入った。おおよその話は川内さんから聞いている。そちらの条件で結構だから、仕事はやらせていただく。

ついてはその条件に間違いがあるといけないので、明日の午後一時に川内氏と三人で、打ち合わせをしたい。場所は川内氏の事務所でいかがかと聞いてきた。茉莉が了承すると、

「それでは、明日の一時に」とだけ言って電話は切れた。

茉莉は今自分がやっていることは、何か映画の中で、闇取引をするギャング団みたいだと、思うと、電話を切った後、一人で笑ってしまった。

「邑井達矢です」

青山通り、国連大学ビルの脇の道を入って、一つ目の角を右に曲がったところにある、川内の事務所で会った男は、そう言って名刺を出した。

差し出された名刺は茉莉の顔のすぐ前にあったが、名刺の主の顔はそれよりずっと上に

あって見上げなければその顔に会えなかった。

身長百八十センチはあろうか、痩せぎすの、歳はあまり茉莉とは違わない男が、茉莉の顔の上で笑っている。

茉莉の背の高さははっきり言って低い。といってもこの世代の女性で、あまり背の大きい女はいなかったし、逆に大女といって、嫁の貰い手にも敬遠されたものだ。だから茉莉はまわりを見ても、自分がそんなに背が低いとは意識していなかった。

邑井が発するムードからこの人は素人ではない、ということがすぐに察しられた。

茉莉は邑井に頼む内容と、それについての報酬などの条件を箇条書きにして、自分の印鑑を押したものまで用意していった。

川内と邑井はその紙を互いに見せあうと、邑井は「これで結構です」と言うや、茉莉が書いてきた紙を二人の目の前で、小さくなるまで破いて見せた。

「約束事は守ります。ですからこの紙はもういりません。あとは、四軒の社名、住所電話、代表者名、それに金額の書かれた領収書を四枚、明日の昼までに用意しておいてください、取りにうかがいます。会社のほうへ」

邑井が帰ったあと、川内が茉莉に忠告した。

「先生。彼との関わりは今回だけということで。あまり、彼のような男を使わないで済むお仕事をして下さい。われわれの業界ではあのような男は、必要悪といって毒を毒で制する時には利用しますが。先生のところのようなお仕事は、きれいにしていこうと思ったらできるのですから」

「ありがとう、お世話になりました。後は邑井さんがきちんとやるべきことをやってくだされば、それで終わりです。今度のような残はもうありませんから」

「それと、何かあった時、そんなことはないと思いますが、私と邑井との関わりもできる限り内密にしておいて下さい」


それから一カ月も経たないうちに、支払いを渋っていた都内の二軒の客先と長野の客先から、今日、支払ったという連絡があった。どういう手段を邑井が取ったのか、茉莉には皆目検討がつかなかったが、確かに口座には満額が振り込まれていた。

どこか、危険な匂いのする邑井であったが、黒のダブルのスーツが良く似合う、一見、芸能業界の人間かと思わせる邑井に、茉莉は今まで出会ったことがない男の魅力を感じていた。

来年の正月が来たら四十六になる茉莉は、二年間の長谷川との苦渋の生活の中で、痩せ衰え肌の艶も無くなり、実際の年齢よりも老けて見えてしまっていたが、ここにきて事業が順調に復活してくると、もともとが健康で魅力的な要素を備えていただけに、茉莉の容姿は、キュートな中年女性の美しさが復活していた。

「どうみても、四十そこそこにしか見えない、社長は」

いつも京子と知美から、口を揃えてそう言われる。二人は茉莉が若々しく見えることを賛美して、そう言ってくれているのは分かる。だが四十そこそこだなんて、一番いいかげんな年齢じゃない、ちょっと油断するとすぐに七つ八つは多く見えるわ、と思いながらも、茉莉も以前とは違って、できるだけ身の回りにつける物にも気を遣い、自分の若さを保とうと努めていた。

邑井から三軒の客先から、入金したかと確認する電話が入った。

確かに受け取ったので、お支払いするものを支払いたい、振込口座を教えてほしいと茉莉が言うと、邑井は近いうちに、青山に行く用事があるので、その時にいただきに行くと言って電話を切った。

茉莉は川内からも忠告されていたので、できるだけ邑井を会社に近寄らせたくはなかった。

物腰は洗練されている。マスクは彫が深く、色浅黒く、おまけにスタイルがいいときていて、どこか中年男の怪しげな雰囲気をもっている男、それが邑井達矢だった。

後は何も分からない。分からなくても知らなくてもいい男だったのかもしれない、茉莉にとっては。ところが茉莉は最初に逢った日から、この男に興味をおぼえた。それは長谷川という、男といえない男に二年近くも精神的に蹂躙され続け、やっと解放された後の、ふと緩んだ茉莉の心の隙間に入り込んだ油断だったのかもしれない。

茉莉は長谷川との二年間の疲れを、どこでもいい、誰と一緒でもいいから、なんとかして癒しておきたかった。仕事も前のように順調に回りだしている。茉莉が自由になる時間も出来た。海外旅行に行くくらいの小遣いの余裕はある。

しかし相手がいなかった。

これといった人がいなかった。茉莉の相手をする似合いの年齢の男性はみんな生活を、家族をもっていた。それを壊してまで相手をさせようとは思わないし、隠れてこそこそ不倫劇を演じるくらいなら、独りでいたほうがまだましだった。ということは、世の中、そんなに自由に気楽に生きていっている男は少ないということだった。よしんばそういう男がいたとしても、逆にそういう男は根っから家庭を持つことに向いていない人であったり、家庭を持ったとたん個性が失われて、魅力がなくなってしまうのかもしれなかった。意外と本人もそれを自覚しているから、独りでいるのかもしれない。そんな男が無理に家庭をもつから、家庭に悲劇が始まる。女の場合はどうであろうか。多かれ少なかれ、それはどっちも同じだと、茉莉は思った。

茉莉は独り身のわびしさは、こういう時に慰め、心を癒してくれる相手のいないことだとつくづく実感した。だからといって再婚条件だけが揃っているという男とは一緒になりたくはなかった。

茉莉は賢い男が好きだった。経済力もさることながら、一緒にいてお互いが高めあっていけるカルチャーを大切にする人が理想だった。経済力などは、なまじの雇われ社長より茉莉のほうがよっぽど上だった。

そして最後に、もしもう一度一緒になるなら、毎日が緊張して過ごせる相手がいい、夫婦の生活に緊張感がなくなったら、後は惰性で一緒にいるだけではないかと思っていた。


邑井が茉莉の店の近くにきている。信号を一つ先にいった角にテラスの出ているカフェバーがあって、そこで社長を待っていると、川内から電話が入った。昼を過ぎ、勤め人たちが職場に帰って、街は眠たげな初秋の日差しの中にあった。

邑井はテラスの白いパイプの椅子に座り、長い足を組んで新聞を片手にコーヒーを飲んでいた。彼の今日の服装はラフだった。ベージュ色の綿パンツに、白いポロのポロシャツ、肩からは同じポロのコットンセーターを無造作にかけ、足にはハシュパピィの黒いスウエードの靴をはいていた。どこからみても様になっている。彼の前を通る女にサングラスの奥の瞳で見つめられたいと、思わせる風情である。

邑井は茉莉に気付くと、さも馴染みの女が来たように軽く手をあげて合図を送り、そして自分の前の席を掌で指した。こういうシチュエーションに慣れきっている仕草だった。

茉莉が席につくと、すぐに飲み物を聞いてきた。茉莉がアイスカフェオレの名を口に出すと、邑井は指を頭の上でぱちんと鳴らして、ウエイターを呼ぶ。なにもかも、決まり過ぎていて、見る者からすると気障の極みだった。

「先日は、どうも、ありがとうございました。これお約束の」

と言って茉莉が白い封筒に入れた謝礼の金を差し出すと、邑井は片手で封筒を受け取り、器用に持った手に力をちょっと加えてその口を開いた。封筒の口を開く時に、フッと息を一つ封筒の口に向かって吐きかけた。中身を確かめようともしない。帯に巻かれた札束が二つ入っているのを認めただけである。邑井は黙って頭一つ下げると、それを綿パンの後ろポケットに挿していたエナメルの束入れに挟んで、また後ろポケットに無雑作に仕舞い込んだ。

そして初めて、茉莉の顔に笑顔を向けた。

「明日、成田に行こうと思っています。どうも相手の社長、難物で、払ってくれるところ

までは こぎつけたのですが、一つだけ条件がある、大澤先生をつれて来いと言うんです。それはできない。代理人としての仕事にならないと言ったのですが。どうしても大澤先生にじかに渡すと……」

「いいですよ。私、行っても。いつになりますか。相手先との約束は」

「そうですか、では、昼の二時にここに迎えに来ます。車で二時間もあれば着くでしょうから、相手には四時に行くと連絡しておきます」

「車で行くのですか？」

「勿論、電車だと相手に軽くみられますから。では、明日の二時に」

そう言って邑井は伝票を持ってレジの方に立っていってしまった。独り残された茉莉は、何か映画の場面の中にいるような気分で、いましばらくこの雰囲気の中にいようと、男の去った後の余韻に浸っていると、何かレジのほうが騒がしい。男の大きなだみ声が聞こえて来る。ウエイター二人と責任者らしき年配の者が男に頭を下げている。大声の主は邑井だった。ウエイターの態度が悪い。口の利き方が客を舐めていると文句を言っているのが聞えてくる。どう見てもウエイターを窘《たしな》めているようには見えず、明らかにいちゃもんをつけている。甘い夢から醒めた茉莉は、恥ずかしくなって急いでその場を離れてきた。

茉莉と邑井は成田には四時少し前に着いた。街はたそがれの中にあった。

成田国際空港の第二エアーターミナル・二階のコンコース前にある喫茶室で、今日の相手と待ち合わせていると邑井が言う。約束の時間は午後の四時だった。

青山を邑井が乗ってきた白のベンツで出たのが二時過ぎ、首都高に高樹町ランプで乗って、箱崎を回ると隅田川を渡る。橋を渡って右手に不動堂の青い屋根が見え、すぐに富岡八幡宮の杜があっという間に通り過ぎていった。茉莉は自然と胸の前で合掌をする。複雑な感慨が去来していた。

金曜日の午後とあって、高速道路を湾岸線に入ると、車の流れは急に遅くなった。ここに来るまでの間、茉莉は心臓が締め付けられる思いを二度もさせられた。無理な追い越しと、異常な接近で、その度に邑井は相手の車にぶつぶつと文句を言った。どう見てもこちらが悪いにもかかわらず。茉莉はこの人はハンドルを持つと人格が変わる人かと思ったほどである。「明日は、成田までドライブ。それも邑井と」という甘い夢が吹き飛んでいた。

集金は終わった。間違いなく全額を支払ってもらえたが、相手の社長は出てこないで、その家内だという婦人が待っていた。茉莉がその婦人と応対している間、邑井は席の離れたところでじっと、こっちの様子を窺っている。その婦人は支払いの遅くなった詫びの一つを言うのでもなく、初めから終わりまで茉莉を冷たい目で睨み続けたままだった。

そして用件が済むと、挨拶もなく去っていった。茉莉はその不快な思いをしなければならないのも、自分の甘さが招いた自業自得だと思って耐えた。こんな目に遭う仕事をしなければならない邑井を、何故か気の毒に思った。頼んだ自分が申し訳なく思っていた。

何はともあれ、これで一つまた、長谷川の穢れた印が、私から消えていったと思うと邑井に感謝しなければならないとさえ思っていた。

夜の更けたエアーポートは様々な光に浮かび上がって、外国人が行き交い、どことなく開放的で魅惑に満ち満ちていた。飛行機の発着が見えるホテルのレストランに、茉莉は邑井を伴って食事に入った。暗く照明を落とした店内の、一つ一つのテーブルの上には赤いキャンドルが灯っている。隣の席では若いカップルが深刻に話をしている。別れ話をするには、あまりに想い出が強すぎる設定である。女の子には酷だと思って、そっと見てみると、泣いているのは男のほうだった。

邑井に勧められるままに、茉莉もワインを口にした。芳醇な香りが口の中に広がって、真紅の液体は喉を火照らしながら、茉莉の胸いっぱいに熱い吐息を吹き込んできた。

茉莉は酔っていた。そのあとホテルのツインルームのような広い部屋に入ったのは幽かに覚えている。茉莉が目を醒ましたとき、隣に裸の邑井が眠っていた。自分もランジェリー一枚身につけていない。茉莉はなにか物足りなさを感じていた。どうせ求め合うのなら、一度きりのことであっても、はっきりと気持ちを確かめ合って、お互いに悦びを分け合う睦み合いをしたかった。この人なら受け入れてもいいと思っていただけに、闇討ちのような邑井の行為に茉莉はがっかりした。

　そして二人がホテルを出たのは真夜中の二時だった。どうしても邑井が帰らなければならない用事があると言いだした。今日は土曜日、会社は休みである。茉莉はゆっくりと朝寝ができると思っていたところ、急に起き出した邑井は、帰ると言う。


　茉莉が自分に気がついた時、茉莉は病院のベッドに横たわっていた。自分がどうしてここに寝ているのか分からない。全身が痛いがどこにも治療を施した形跡はない。看護婦が入ってきて、目の醒めた茉莉の瞼にペンライトをあてている。

「どこか、痛むところありますか？　頭は痛くありませんか。気を失っていたので、覚醒したら、朝から精密検査をしますからね」

「どうして？　ここに。あの人は？　ここは？」

「お車の事故です。ここは市立酒々井《しすい》病院の救急センター。お連れの運転していた方は、重傷です。頸椎を骨折して今緊急治療を受けています」

　そう話しているところに、千葉県警交通機動隊の警察官が青い隊服で、病室に入って来た。

「よかったね。気がついて。大丈夫。話せるね」

警察官は看護婦に聞いた。少しの時間なら先生の許可をもらっていると彼女は応えている。警察官の説明によると、邑井達矢運転するところの車両、白のベンツ３００Ｅセダンが、酒々井の出口付近で、リムジンバスの回送車を追い越した際、スピードの出しすぎでハンドル操作を誤り、路肩の土手に乗り上げ横転、二回転半して大破停車。幸いのことに他の車両、バスへの加害はなく自損事故。時刻は午前二時二十分だという。二人乗りの内、運転手、邑井達矢・四十八歳は意識不明の重態。同乗者、大澤茉莉・四十六歳は打撲による軽症。これが事故のあらましだという。

この交通事故が元で、茉莉は邑井に、泥沼に足を引きずり込まれたような日々を、足掛け二年にわたって送るはめになる。

頸椎骨折という重傷を負った邑井は、国民健康保険にも入っていなかった。住所は一応あるが、住民登録をしていないので、旧住所の杉並区役所に当たると、住民票には赤の付箋が張ってある。つまりは現住所不定の印だった。

厄介なことが今ひとつ起きた。邑井にベンツを貸していた中野新町の男から、車両の弁償と休業補償の支払いを求めてきた。車両は七百万、補償金は三百万だという。

確かに邑井には茉莉の会社の未集金回収業務を依頼した。それに茉莉が同道しての事故であるから、事故に対してというより、邑井に対して茉莉にも何らかの道義的責任がある、これが茉莉の出した答えだった。

茉莉は邑井の病院にかかる費用を全額負担してやった。そして、邑井が借りていたベンツを弁償してやり、補償金のほうは相手が茉莉の気風《きっぷ》に惚れこんで、なかったことにしてくれたが、茉莉は一応、迷惑をかけたことでもあるし、帯を巻いた束札一つ持ってお詫びにいった。

病院には週三日を開けずに見舞いに行った。行かないでいると、何度でも店に電話が入る。茉莉が病室に行くと、邑井は丸めた団子をつぶしたような顔をした若い看護婦と、かなりの時間二人きりでいたようである。彼女は確か夜勤明けのはずだった。茉莉が入っていくと、その看護婦はふてくされたように部屋を出て行く。邑井に後ろ向きで手を振って。

暮間近に邑井が退院してきた。

退院してきたその日から、帰る所がない邑井は茉莉の部屋に転がり込み、同棲するようになった。働く意思のない邑井は二言目には身体の不調を訴える。

「あの日、お前が隣の席で寝ていただろ、やっぱりあのまま帰るのは悪いかと思って、酒々井のホテル街のネオンが見えたので、そこに寄ろうとハンドルを切ったら……。

だからお前が寝てしまったのが原因だ。それを俺は警察には言わずに黙っていてやったんだ。ありがたく思え」

言っていることが支離滅裂である。

昭和が終わり、時代は平成に元号が変わっていた。この年の六月二十四日、歌謡界の女王美空ひばりが五十二歳の若さで亡くなった。

邑井に付き纏われている茉莉の生活は、やがて二年目を迎えようとしていた。茉莉は邑井といる時間の中で、この男の異常さに気づいた。感情の抑制が効かない。誰彼かまわず自分が気に食わないことがあると、喧嘩を吹っかけていく。茉莉にだけはどういうわけか、決して手を挙げたことはなかったが、あとは相手が誰であろうとすぐに手を出した。

邑井には全く働く意欲がない。茉莉に付き纏っていれば、生活の心配はしなくても良かったし、遊ぶ金にも不自由はなかった。茉莉があの日の事故の責任が、全て自分にあると思い込んでいる限り、邑井はこの女に面倒を見てもらえると踏んでいた。

茉莉は茉莉で働かない邑井を見ても、働けないようにしてしまったのは、自分のせいだ、だから、その結果がこの生活であっても、しょうがないものと半ばあきらめかけていた。

しかし心の隅では、この泥沼のような生活の中でも、明日になったら、何かいいことが起きて、事情が好転していくのではないかと、微かな望みだけは持っていた。

昼間、働かない邑井は、することのない時間を退屈しのぎに電話で遊んでいた。適当に電話番号を回し、電話口に出た女の子を片端からガールハントをするのである。

とにかく口がうまい。そして声がいい。意外にも邑井の誘いに乗る女の子が中にはいる。そして夜、待ち合わせをして、何とかかんとか上手いことを言って、必ず近場のホテルに連れ込み、一時の快楽を貪ってくる。

女の子をハントできなかった夜は、近くのカラオケバーに出かけ自慢の喉を披露してくる。歌が素人離れして上手いせいか、そこでもすぐに女性客と親密になり、その女をたぶらかし、その夜のうちに身体の関係を作ってしまう。中には、近所の主婦が邑井の毒牙にかかってしまったことがあった。

一度、茉莉が帰ったのを知らずに、邑井が部屋で電話をしている最中の時があった。

「ああ、また口からでまかせの嘘を並べて、女を騙しているのだろう」と、邑井の騙しのテクニックを黙って聞いていた。相手はなんと電話局の番号案内の交換手だった。見事に誘いに成功していた。京都の大学教授を装い、NHKに出演した後、不慣れな渋谷を案内してくれないか。お礼に美味しいすしでもご馳走する。家まで車で送るから安心してほしい。九時にハチ公前のベンチに黒のステッキを持って立っているから、そちらから声をかけてくれないか。

茉莉はその電話を聞いているうちに次第に恐ろしくなってきた。全く良心の欠片《かけら》もない別の人格の邑井がそこにいた。嘘を平気でつき、女の心を弄ぶ男がいた。茉莉は邑井の本当の恐ろしさを目の当たりにして震えがとまらない。こんな恐ろしい男に自分は金を与え、生活を見てやっていたのか。それなら、自分はこの男の被害者などではなく、共犯者ではないかと思えてきた。

何をやっているのだろう私は。長谷川で散々懲りたくせに。一年も経たないうちに同じ過ちを繰り返している。人間として一番やってはいけないことをやっている人に、死に物狂いになってでも、あなたの生きかたは間違っていると正そうとしていないではないか。それればかりか金をやって、今にまっとうになってくれると、ゼロに近い望みをその男の上に抱いて、甘えに依存した男の生き方に加担までしている。

茉莉は恥ずかしかった。こんな生き方をして、自分を大切に思い見守ってくれている人たちに申し訳がなかった。一刻も早く、こんな男の面倒を見ることを止めて、別れなければならないと思った。

茉莉が決心したのを見計らったように、邑井が傷害事件を起こし逮捕された。渋谷のカラオケ店の中で、歌の順番をめぐって口論し、相手に暴力を振るい怪我をさせたのだ。

邑井にはたくさんの前歴があったことを、事情聴取に来た渋谷署の刑事がおしえてくれた。それでも一応、刑事が出した書類に邑井の身元引受人として自分の名前を記入した。続柄の箇所があった。茉莉が何と書いていいか迷っていると、その刑事は〝知人〟と書いて置きなさい、と教えてくれた。

本来なられっきとした〝内縁の妻〟であるが、茉莉の話を全て聴き終わった老刑事が、「あなたも、えらい男に関わってしまったね。被害届を出してもいいくらいだ。まあ、これをいい機会に、一日も早く縁を切ったほうがいい」と言って、そう書くように勧めてくれたのだ。

邑井の刑期が決まった。前歴があるので三年六カ月の実刑だった。

茉莉は邑井が収監され、彼の姿が茉莉の日常から消えた部屋の中で、ほっとして力もなく座り続けていた。虚脱感の中で解放されたことを実感していた。部屋の中を見回すと、いつも居座り続けていた憂鬱が消えている。

邑井が締め切っていた窓のカーテンを開けてみると、そこからはすばらしい青空が見上げられ、燦々と秋の日差しが部屋いっぱいに降り注いでいる。茉莉は忘れていた大切なものを見つけたような気がした。〝青天白日〟に生きるということがどれほど、健康にも精神的にもいいことか忘れていたようだ。

　私はこれまで、何にも世間に顔向けできないような悪いことはしてこなかった。それなのに何で世間の目を恐れ、世間から冷たい目を向けられてしまうのだろう。長谷川にしても今回の邑井にしても、白日の下を堂々と歩けない、意志が弱く自分を大切にしない男と、関わりを持ってしまう自分自身の内面のどこかに、人の良さとだけでは説明がつかない何かがあるに違いないと思った。

　茉莉は自分を見つめなおしていた。

「いつか幸せになる日が来る」という望みを持ち続けて、生きてきたことに間違いはない。ただ、そこには何か、そう、「いつか私を幸せにしてくれる人が現れる」という、心の奥底に隠れた、人への〝依存〟があった。それは男と言ってもいい。男に「守られたい」という密かな願いがなかったとはいえない。

　そして、経済的に安定しよう、事業を発展させようという形ばかりの豊かさに気をとられ、時代の波に上手く乗って、経済的にも豊かになり、名声も得て、金と二人づれで自分の力を誇示してきた。そのおかげで何か大事なもの、心の豊かさを置去りにしてきてしまったのではないだろうか。茉莉は夫が病に倒れて以来、何とか自分の力で、みんなを幸せにしようという気負いがあった。その陰には、茉莉の心の中にはいつも、〝自分を幸せにしてくれる星の王子さま〟を待ちわびる心があったのも事実だった。

頑張って、頑張って生きてきた反動が、それだけ大きく相手に期待する気持ちとなって現れたのだろう。私の力でその男を何とかしてあげたい、という行為の裏に、そのかわり、私を幸せにして見せて、という隠れた期待があったのかもしれない。そんな期待は愛情の敵であるということに気付かずに。期待を寄せるほどの男でない相手は、それを感じただけに負担だったにちがいない。何故かというと、そこには真実の〝愛の交流〟がなかったからだ。

仕事、仕事に打ち込みすぎて、周りが見えなくなってくると、自分の力だけを頼り、過信する。そして正しい判断力を失うと、我だけに捉われてしまう。それが心を隙間だらけにして、見るものは正しく見えず、男を見る眼さえ狂わせる。

悪い男ほど磁力があると言われている。その磁力に負けるほど、茉莉は愛に飢えて自分を見失っていたのだろうか。愛に飢えるほど愛を失うと言われているが、それは本当だと茉莉は思った。

それなら、私が探す本当の愛はどこにあるのだろうか、と茉莉は自分の周りを見回した。

その時、窓に吊るしたままになっていた、夏の残骸、軒忍《のきしのぶ》の風鈴が小さくひとつ鳴った。

〝深川に帰ってみようか〟

茉莉はそう思うと、何故か涙が溢れてきてしようがなかった。

永代橋を渡る車窓から、佃島のリバーシティー21の高層ビル群が夕日に照らされていた。子供の頃、あのあたりに〝佃の渡し〟があった。ゆったりとしたあの時の流れはどこにいってしまったのだろう、変わらないのは水の流れだけだと茉莉は思った

門前仲町のバス停を通り過ぎると、深川不動堂の参道〝ご利益通り〟がチラッと見えた。

平成四年、十一月二十四日、茉莉は青山の店を閉め、深川に帰ってきた。

富岡の家も、深川の町も普段の顔で、まるでちょっとそこまで出かけた者が、戻ってきたように茉莉を迎えてくれた。どこに行って、何をしていたのか、誰も何も聞かない思いやりを持っていた。

佳代がわだかまりなく「姉ちゃん、姉ちゃん」と、頼ってきてくれるのが茉莉は嬉しかった。寝たきりになっていた富蔵は、茉莉が顔を見せるたびに泣き出す。今まで離れていた時間の分だけ泣いてくれているのかと思うと、茉莉は「ごめんね」と言って足をさすってやった。美津は相変わらず口が悪かった。その分、元気で近所の悪がきたちと、今も喧嘩をしてくるという。素子は短大を出たあと、商社に勤めている。彼女には幼友達の材木問屋の次男坊、桂木正人という恋人がいて、近々、十五年越しの恋を実らせ一緒になると

いう。どちらの家も公認の仲なので心配はなかった。勇輔は銀次郎の会社で働いていた。みんなどういうわけか深川を離れないで暮らしていた。

茉莉は勇輔につれられて、「平河」の奥座敷に銀次郎を見舞った。ここでも茉莉は銀次郎に泣かれて困った。銀次郎が勇輔に保の面影を重ねて、

「保さんは、いつまでも若くていいね」

と言った時は、側にいた者みんなで大笑いになった。明るく屈託ない笑い声が銀次郎を包んでいる。その中で銀次郎は安らかに寝息を立てて寝ている。

# 五章　夜明け

富岡の店は、佳代の手によって、彼女がつくる染物小物を細々と店頭で売る商いを始めて、今では部屋の中を彩る様々な日用雑貨品を扱う、インテリア用品のバラエティーショップに変わっていた。

富蔵や保、そして長谷川がかつて作っていた純日本風家具や木製の小物は、店の奥に遠慮がちに並んでいる。佳代と素子、勇輔の三人が相談して、今の店作りをしたそうだ。

門前仲町界隈は都心に近く、通勤に便利なせいもあって、高層のマンションが増え、若い共働きの夫婦者や、独身女性が移り住んで来ている。その人たちが部屋を飾り、生活をエンジョイする雑貨や小物類を、買いやすい値段と、センスのいい品揃えさえしておけば、結構お客が来て商売になる。世の中の移り変わりと共に、街の雰囲気が変われば住む人の年齢層もタイプも変わっていく。それに合わせて商売も変えていかなければ、時代に取り残されてしまうというのが三人の意見だった。

茉莉が展開してきた、ヨーロッパから輸入した高級家具によるインテリア・コーディネートの事業も、確かに一部の高所得者層の間では、今でも関心を持って受け入れられていたが、バブル景気がはじけるとともに、その熱は次第に冷めていった。いくら高級感を出し、展示装飾に凝っても、「いいわね、すてきね」と羨望の対象にはなるが、実質的な売上げになかなか結びつかず、商売としてやっていくにはなかなか難しいものがあった。

それよりも、佳代の店で揃えている、価格もそれほど高くなく手軽に求められて、明るく楽しい部屋の雰囲気づくりを楽しめる雑貨家具、つまり若い人たちを中心とした、庶民感覚の商品を幅広く取り揃えていたほうが、購買意欲のある人たちと密着した商売ができて商売も安定するというわけだ。

店の中で雑多な商品を見回しながら茉莉は、時代の変化を感じ取り、私だったら、この商品をもっと増やして、ここはこうして、あそこにはこれを飾ってと、茉莉はいつのまにか自分が店作りのスタイルを描くことに夢中になっていた。そんな自分に気付いて茉莉は、私の体の中にまだ何かやりたい、やっていたい、やらなければという、新しい血が滾《たぎ》ってくるのを感じていた。

隅田川の相生橋を渡ると、左手に商船大学校の脇に白い船体の明治丸が見える。

茉莉は懐かしかった。幼友達に逢ったような気がした。子供の頃、同級生たちがあの船の雄姿に憧れて、船乗りになると熱っぽく語っていたのを思い出した。どうしただろうかあの男の子たちは。戦争に負けて何もかもの夢が壊されてしまったあの当時、この船の白いマストは、子供たちに希望と夢を与えてくれた、高潔なシンボルだった。

明治丸が歳の暮間近の冬日の中で、昔と変わらぬ姿で独居している。

茉莉は、勇輔と一緒に、晴海にある家具の博物館に出かけた。博物館のコンベンション会場で、新しい時代の室内装飾展が催されていた。重厚な高級家具から輸入家具やアンティーク家具。ガーデニング用品から室内装飾小物にいたるまで幅広い商品を扱う、およそ二百社近くの出展者がイベントに企画を凝らして自社をアピールしている。入場者のほとんどが、三十代前後の若い夫婦者で、特に若い主婦が熱心に商品を見て回っている。

茉莉は、出展者の中に「佐伯コーポレーション」の名を見つけた。

佐伯夫妻は茉莉の青山時代、つまり茉莉が苦渋の四年間ともいうべき年月を送っている間、ロンドンに滞在していた。茉莉は由紀にも、自分が経験したあの忌まわしい時間のことを多くは語っていなかったが、そこは幼友達のこと、茉莉の情報は茉莉がいくら伏せていても、遠くロンドンの地でも由紀は逐一把握していた。しかし茉莉のほうから相談があったり、救いを求めてこない限り、茉莉の個人的な問題に由紀は決して立ち入ろうとはしてこなかった。

茉莉にしてみればおよそ世間に公にできる話ではないだろうし、深川の人たちにも顔向けできないような生き方をしていたのかもしれない。茉莉が決して愚かな女でないことは自分がよく知っている。いつか茉莉はその生活にけじめをつけて、立ち直ってくるに違いない。その時に茉莉の過去のことを知らないでいてあげるほうが、茉莉の心に負担をかけないだろう。茉莉を信じていればこその、由紀の無干渉だった。

佐伯も妻の由紀の考え方に同感した上で、

「そういうものか、幼な友だちとは？」と聞くと「そう、これが深川っ子の流儀」と言って由紀は澄ましていた。

友達に会うという勇輔と別れ、茉莉が一人、佐伯の会社の展示ブースに立寄った時、佐伯は一人の若い男と話していた。男は茉莉に大きな背を向けて、佐伯と身振り手振りも大きく熱心に話している。どこから見ても恰幅のいい青年実業家の雰囲気があった。佐伯がその男の肩越しに茉莉に気がついた。

「大澤先生、よくいらっしゃいました。久しぶりです」

佐伯の元気な張りのある声に、佐伯の視線を追って男が茉莉のほうを振り向いた。

茉莉はその男の視線を無視して佐伯に、

「もっと早くに、目黒にでもご挨拶に行かなければいけなかったのに。すいません。一昨日由紀さんから、電話でこの展示会のことを聞いたものですから。いろいろ心配かけてしまって……」

「ああ、それは言いっこなし、なし。今、先生が元気なら、それで十分。ところで先生」

「その先生というの、勘弁してくださらない、とても恥ずかしいやら、身の置き場にも困るような……」

「わかりました。では茉莉さん、この青年を覚えていますか」

「いいえ、どちらのかた？」

茉莉はその青年を忘れていた。

「無理もない。十年ぶりの邂逅ですからね。本当に偶然です。まるで二人が今日ここで逢うことを示し合わせたようだ。いやあ本当に偶然だ」

佐伯一人が、茉莉と青年の再会に興奮している。

「大澤先生、僕、常盤浩介です。いつか京橋でお目にかかった」

青年は大柄の身体を二つに折って、深々と下げた頭を横にして茉莉の顔を見た。小柄な茉莉の顔の前で、人懐こそうな顔が笑っていた。

「常盤さん……？　京橋で？　ああ、あの時お会いした」

茉莉は京橋の店で、少年の面影を頤《おとがい》に残しながら、一生懸命に大人ぶって見せていた浩介を思い出した。思い出しはしたものの、茉莉は今、目の前にいる浩介にあの時この青年が全身から放っていた、人を刺さんばかりの覇気が、消え失せてしまっているのを感じていた。何があったのだろうか、この青年に。

茉莉は浩介のどこか頼りなげな眼差しを受けて、自分の体の中にいい知れぬこの若者に対する愛おしさが湧き上がっていた。胸に広がってくる浩介を想う感情に、茉莉は戸惑いを隠すように、慌てて和馬に話の矛先を向けた。

「若いお客さんがずいぶん目立ちますね。お部屋をきれいにして、生活を楽しむ意識が、やっと根付いてきたみたい。いい傾向だわ、この業界にとって」

「そうです、今ではいろいろな雑誌が競って特集を組み、部屋のインテリアの工夫を若い人たちにアドバイスしています。茉莉さんは言ってみれば、その風潮の先駆者なんですから。われわれの業界の功労者ですよ」

「僕も、ずいぶんと大澤先生の〝エンジョイ・ライフ・インテリア〟に感化されました」

浩介が話に加わってきた。

和馬が二人づれの若いカップルに対応するため、茉莉たちの側を離れていった。

「あなたは、今でもこの世界でお仕事をしているの」

茉莉は浩介を見上げながら聞いた。

「いえ、あれからいろいろありまして。一度はこの業界から離れました。自分の力を過信してしまって」

「若いうちは、よくあることよ。若い時の苦労は買ってでもするものと、よく私の父なんかが言っていたけど。あなたは偉いわ、自分をきちんと見つめているから」

「いえそんな、僕なんか駄目ですよ。人をうまく使えなくて」

浩介は、自分の歩んできた過去を思い出すように、遠いところを見る目をしていた。そして、唇を硬く引き締めたかと思うと、茉莉の顔を熱いまなざしで直視して言った。

「先生、僕のパートナーになっていただけませんか」

茉莉はこの人は何を唐突に言い出すのかと、浩介の言った言葉の意味も、それを言う浩介の気持ちも量りかねていた。

「すいません、突然に。失礼しました。この話は後日きちんとした形でお話ししたいと思います。その時には、どうか聞くだけでもいいですから、聞いてやってください」

それだけを早口に言うと、浩介は茉莉の側を離れていった。

「何だろう、パートナーって。おかしなことを言う人だわ」

人ごみの中に消えた浩介の後ろ姿を目で追いながら、茉莉は、今の若い人はみんなあのように、せっかちに自分の言うことだけを言って、問題を置去りにしていってしまうのだろうかと思った。


それから三日して佐伯から、赤坂の佐伯の会社に遊びにこないかと誘いがあった。大事な話もあるし、と付け加えたように言った最後の言葉が、茉莉の心を不安にしていた。

翌日、赤坂の乃木坂通りに面した佐伯の事務所を茉莉が訪問すると、佐伯は挨拶もそこそこに、実は常盤君のことですが、と話を切り出した。

常盤浩介はいま、三十一歳になる。「ヨーロピアン・ドリーム」の営業三年目の時、彼はその営業力に自信を持って独立をしたという。大手寝具メーカーと契約をして、訪問販売会社を作り、百人近くの社員を教育しながら、彼独特の訪問販売戦略を展開し、彼の作る売上げはその世界では日本一といわれるほどの実績を示した。

ところが、好事魔多しのたとえのとおり、信頼していた腹心の部下二人が、マージンを餌に社員をそっくり引き抜いて辞めてしまい、彼らは別会社を作ってやっているという。

浩介の潔癖さと几帳面さ、そしてがむしゃらになってことを押し進める強引さが、部下たちの心を把握する上で誤解を生んでしまったのだろう。彼は恐ろしい人との評判を立てられ、気がついた時、周りの者はみんな離れ、彼、一人になっていた。

それが、半年前のことで、今、常盤浩介は背信と孤独からやっと傷心も癒えて立ち直り、新しい事業を計画して、再出発をしようとしているところだという。

その事業計画は佐伯も相談を受けて知っている。常盤浩介らしい、よく市場を調査した、非常に独創的かつスケールの大きな事業で、必ず成功すると思うが、それには唯一つ、彼を支える信頼できるパートナーがいればの話、そのことは佐伯も常盤にアドバイスした。

彼もその点はよく承知していて、もう二度と人を使うことで失敗はしたくない。この性格の自分を誰か上手くコントロールしてくれる人はいないか、なまじの人では自分を御することもできないだろうし、自分も納得しないだろう。この常盤浩介を大きな目で見てくれ、温かく包んで、時には身を挺してでも間違ったやり方には反対してくれるような人が、パートナーとなって側にいてくれたらと思っていた。そんな人を探しているところで、先日、あなたに、そう大澤茉莉さんに再会した。

彼がいうにはこれは偶然などではなく神様のお引き合わせに違いない。茉莉さんに逢ったその時に、ああ僕が探していたのはこの女《ひと》だ、この人と一緒にやって、ずうっと生きていこうと彼は心に決めたそうだ。

彼はこのことをあの日、展示会が終わるのを待って佐伯の家を訪ねてきて、夜が明けるまで熱っぽく真剣に打ち明けたという。

「自分で言ってもいいが、茉莉さんの今の状況を分からずにこんなことを直《じか》にいうのは、筋が通らないので、まずは私のところに相談に来た。というよりも自分の気持ちを、どうか大澤先生に伝えて、先生のお返事を頂いてほしい。というわけなんだ」

佐伯は一気にそこまで話すと、大きく息を一つつき、茉莉の目を覗き込んで聞いた。

「どうします？」

茉莉は手にしていたハンカチを畳んだり、広げたりしながら、あの日、青年が言った「パートナー」という言葉を繰り返しつぶやいていた。

茉莉の困惑した仕草を黙って見ていた佐伯が口を切った。

「断りましょう。あまりに唐突過ぎますよね。今、休息が必要なのは、あなたのほうかもしれないし」

茉莉は浩介のあの日の空ろな目を思い出していた。彼を愛しく想った気持ちが再び湧き上がってきた。

私が側にいてあげることで、彼の目をあの輝いた目にしてあげられるならと思った。今、彼はこんな私でも必要としていてくれている。私がこれから先、生きていくうえで、人のためになり、少しでも助けになっていくということは、それが私の役目であり、そこが私の居場所なのかもしれない。

茉莉はこれまでの自分の人生の中で、初めて微かな明かりが遠くに見えたような気がした。そして、意を決したように佐伯に答えていた。

「常盤さんに、お会いします。私ができることは何でも、全てしてあげようと思っています」


浩介と茉莉が二人三脚となって進めていった事業は、幾多の荒波を乗り越えながら、僅かずつ前進していった。浩介の剛と茉莉の柔がよくかみ合って、二年もたたないうちに二人の事業は大きく開花して、順調に発展していった。

本社を赤坂の乃木坂下に置いた浩介と茉莉の新しい事業は、家庭用品からインテリア雑貨、家具、カーペットなど家の中をリフレッシュするすべての必需品を、品数多く揃えた大型の専門雑貨店を多店化する事業だった。店は広い駐車場を備え、都心を離れた郊外の主要幹線道路に沿ったところに次々に展開させ、まさに車社会に対応した「ニューライフ・エンジョイ・ショップ」だった。

店の名は「ドリーム・マート」、この店に行くと、家庭の中に明るさが生まれ、明日の生活を創造することができて夢があった。来店客にそこでいかに満足して貰うかが、浩介と茉莉のテーマだった。そして、いつしか人々の口に〝ドリーム・マート行った？〟というのが流行り言葉になるほど、若者たちから定年後を楽しむ人々にまで広く愛される店になっていた。

浩介は新商品を仕入れる業者との価格交渉、そして新しく進出する店の立地の選定や、不動産業者との交渉に明け暮れた。茉莉は各店の経営管理と、全店員にお客様への売り場での対応の教育、そして幹部店員の養成にと目の回る忙しさだった。

朝早くから深夜、時には明け方近くまで、四六時中、休みなく経営に携わっているということは、それだけ二人は一緒の時間の中にいることだった。浩介が地方にでも出かけない限り、二人はいつも一緒にいた。それもどちらかと言うと、浩介のほうが茉莉の側を離れようとしない、離れたがらない。いつしか二人はどちらが言い出したというわけでもなく、それが自然の成り行きであるかのように、石神井公園近くの「メゾン・ド・ハニー」というマンションで一緒に暮らし始めていた。仕事を離れた時の浩介は、茉莉に対して時には母や姉に示すような我儘な裸の自分を出したし、時にはこの人にこれほどの繊細さがあったのかと驚くほどの一面を茉莉に見せた。まるで失いたくない恋人の気分を損ねまいと気遣う、気弱な少年のような一途さを。

しかし、二人で一緒に暮らすようになっても、いくら茉莉が年齢よりも十歳は若々しく見えたとしても、茉莉五十歳、浩介三十一歳という現実を感じれば感じるほど、茉莉は浩介とはいずれ別れる時がくる、この人にふさわしい女の人が現れると思っていた。その時はきれいに身を引いて、この人のために祝ってあげようと思っていた。浩介に限りないほどの愛おしさを感じても、それをすぐに自分の相手としては結び付けがたい溝を、茉莉は自分で作っていた。決して愛してはいけない人、私が愛していることを浩介が気付いた時が、私の役目が終わる時、私がこの人の側から去っていく時だと茉莉は自分に言い聞かせていた。

ところが共に過ごす日々を重ねるにつれて、二人の間にはお互いに遠慮の壁がなくなっていく。

浩介は次第に茉莉に直に自分の感情をぶつけてくるようになっていた。

茉莉は、そんな浩介を見ていると嬉しくさえ思えてくる。垣根を取り払い、この人は身も心も全て裸の自分を私に見せてくれている。正直で純な一人の男の、強さも弱さも私だけにさらけ出してくれていると思うと、浩介の男としての純なものを改めて見直していた。あの男たちとは比べようもないほど、人格の高潔さ、品の高さを感じていた。人間の本当の品格なんて、見てくれや、学歴や、経済力などではなく、人を大切に思い、自分を大事に思って生きている人に備わっているものだと、浩介を見ていてつくづく思った。

茉莉は浩介の苛立ち、鬱憤、持って行き場のない怒りなどを受け止めてやる。それが茉莉の最も大事な役目であるかのように、ただの一度も口答えすることなく理解してやり、受け入れてやっていた。以前の茉莉ならば、そんな人の態度を見ようものなら、自分のやり方、考え方に従わせようとして、相手に変わることを求めていった。しかし、茉莉は気がついた。

相手を変えることの難しさ、労力の大変さ。そして、人を変えることなどはできないということを。それならば、自分が変わっていくしかなかった。茉莉はつとめて自分を変えていった。誰に対しても相手の意見をまず聞いてやり、相手を尊重した。そしてその相手のいうやり方でやらせてみる。そこで出てきた問題を二人で考え、初めて茉莉の考えを言って聞かせる。それも責める感情は心の奥底に仕舞い込み、お互いに成長し合おうという意識を持って相手に当たっていった。

いつか従業員は茉莉の包容力ある人柄に全員が感化され、その茉莉流の人との接し方が全社員の風土となっていった。

浩介が変わってきた。昔、あれほど人から、自分の主張を曲げずに、言い出したら聞かない奴だ、強引に自分流を推し進めていく恐ろしい男と言われていた浩介が変わった。社員全員が茉莉流の穏やかで、和を持ってやっているところに、自分だけが尖ってやっているわけにはいかなかったのだろう。しかし、茉莉はそうは思わなかった。浩介が変わったのではなく、もともと穏やかな性格を備えていた人の地が甦ったのだと思っていた。

エッシャーのあの『空と水』の絵のように、見る者の心一つでどのようにでも見えてくる。人が生きていく中で、どのような出来事も、全てそれが幸せだと思えば、幸せになってくるはずだ。白の世界を見るか、黒の世界を見るか、幸と見るか不幸と見るかは、それを見る者の心一つであるし、考え方次第である。人は周りの状況や環境で心に影響を受けたり、支配されるのではなく、それらを自分で支配していってこそ、初めて幸せを掴むことができるのだ、茉莉はそう思わずにはいられなかった。

浩介はこれまでの茉莉の苦労を大方は知っていた。仕事の上での関わりもなく、ここ十年を過ごしてきたにもかかわらず、浩介の耳にはどこからか、茉莉の噂話が風の便りが運ぶように聞こえてきた。京橋で一度、挨拶した仲だけなのに、浩介は何故か他の人とは違った感情をその時からずっと茉莉に持ち続けていた。浩介の意識のどこかに、自分は将来この人と、何らかの形で関わりを持つという予感が過《よ》ぎっていたからだ。だから「なんであの先生はあんな男に苦労をさせられるのだろう。俺の側にいれば、決して苦労なんかさせないのに」と思ってきた。その浩介の予感が見事に的中して、今二人は善きパートナーとなってお互いを補い合い、労苦を分かち合っている。

その日、茉莉が珍しく憂鬱な顔をして朝から元気がなかった。

浩介はすぐに茉莉に何かあったと思った。それとなく遠まわしに聞いてみるが、茉莉は何か心に引っかかるものがあるのか、浩介の問いに要領を得た返事をしない。

浩介が怒った。怒髪天を衝く勢いとはこのことかと茉莉が後で感じたほど、本気になって怒った。

「何があった。一人で悩んでいて。水臭いじゃないか」

「………。私の個人的なことなの」

「個人的だ？　都合のいい言葉じゃないか。二人の間でまだそんな垣根みたいな言葉が残っていたなんて驚きだ。まあ、いい。でも一人では手に負えないからそうやって悩んでいるんだろう」

「話せば貴方にも、会社にも迷惑がかかるわ。だから……」

前日、あの邑井達矢から茉莉に会ってほしいと電話が入った。一切の連絡を絶っていたにもかかわらず、茉莉の居所を探し出して三年五カ月振りに連絡をしてきた邑井に、茉莉は男の執念深さの恐ろしさを感じた。この人はどんな手を使ってでも私に纏わりつくに違いないと思うと、茉莉は何で二人の関係をはっきり、あの時に清算しておかなかったかと悔いた。茉莉の中では終わっていても、邑井にとっては終わっていなかったのだ。生きていく頼みの綱が茉莉だった邑井にしてみれば当然だったのかもしれない。

受話器の向こうから聞える邑井の声は、茉莉には地獄の悪鬼からのささやきに聞えた。その声を聞いたとたん、茉莉の頭の中では、これまで浩介と積み上げてきた全てのものが、音をたてて崩れていった。

邑井は電話口の向こうで「やり直したい」と言っていた。それが茉莉と縒《よ》りを戻そうとする口実でしかないことは充分過ぎるほど分かっている。あの異常な精神の持ち主が、己を省みて人間が変わったとは思えない。邑井が閉ざされた時間の中でただただ思い描いていたのは、自由の身になった時の次なる企み事なのだ。嘘を平気でついてでも自分の欲を満たすためには、どんなことでも自制を失ってやってしまう変形な精神の持ち主、それが邑井達矢だった。

この男に茉莉はぼろぼろにされてきた。三年五カ月前にその恐さを嫌というほど味わった。その男から、連絡があった。茉莉は諦めた。こんな男と関わったことが不運だったと諦めた。

とはいうものの、やっと軌道に乗り始めた浩介との仕事も生活も失いたくはない。邑井に会ってはっきりと自分はやり直す気持ちは毛頭ないことを告げよう。わかってもらえる相手ではないが、誠心誠意話してみて、後は邑井のあるかないかの良心に委ねるほかはない。邑井との問題はあくまで茉莉個人の問題で、浩介には関わらせたくないし、会社にも持ち込みたくはない。茉莉一人で解決するほかないと思った。茉莉は最後の最後には邑井の良心に訴えてみるつもりだった。私を自由にして欲しい、そしてもう、貴方とは違う世界で生きていきたいと宣告するつもりだった。

茉莉から邑井のことを聞かされた浩介は、茉莉の苦衷を知ると、これは茉莉一人で片付けるのは無理だと判断した。そして感情を抑えて、静かに茉莉を説得した。

「僕にとって、茉莉さんは今やかけがえのない人、つまり異体同心といっていい。だから僕は裸のありのままの姿を茉莉さんの前には曝してきた。これまで上手くやってこられたというのも、その気持ちがあったればこそだと思う。その僕に何を遠慮して一人で悩んでいるのだ。それほど僕という男が、信用もできず、頼りないというのか」

そう言って浩介は哀しみの目で茉莉を見つめた。

茉莉は浩介が言った「異体同心」という言葉が胸にしみた。その言葉で何を今、一番大事にしなければならないのか、はっきりとわかった。

浩介を失望させるわけにはいかない。この人の誠実に応えるためには、茉莉もありのままの姿を見せていかなければ、自分たちの大切な物は守ってもいけないし、育んでもいけない。

「それで、茉莉さんの気持ちはどうなんだ」

「あんな生活は、もう思い出したくもないし、あの人と関わり合いを持ちたくもないわ」

「それを言って、分かる相手か」

「たぶん、駄目でしょうね。何しろ口が上手いから。それに、執念深さも人一倍……。でも、私の気持ちははっきりしているの。伝えるだけ伝えに行こうと思っているの」

「分かった。貴女一人では無理だ。僕に一切を任してくれないか。こういう問題の片付け方は僕のほうが慣れている」

茉莉は浩介と二人で待ち合わせのファミリー・レストランに出かけた。浩介と一緒に席に着いたのでは邑井が感情的になって冷静な話ができない。そこで二人は約束の時間五分前に別々に店に入った。

店の奥の通りに面した席で、邑井は茉莉が入ってくるところから一部始終を見ていた。

茉莉が一人で入ってきたことに安心したのか、邑井は片手を高く上げて茉莉に合図を送ってきた。まるでつい先程まで一緒だった女に自分の存在を知らせるなれなれしい素振りで、迷惑をかけたことを詫びる謙虚さなど微塵もなかった。やややつれた面持ちが作る笑顔は厚顔無恥そのものだった。「この人は、何も変わっていない」茉莉は邑井の笑顔の下に隠された鬼の心を見透かしていた。

邑井は明日から当然のこととして茉莉との暮らしがあるように話し始めている。茉莉は邑井の話を黙って聞いていたが、打ち合わせどおり、後ろの席に浩介が着いたのを確認すると、おもむろに邑井に自分の意思を話し出した。はっきりと、これから邑井と一緒に生活をしていくつもりはない、現在、常盤浩介という人と事業をやって、平穏に生活をしている。今の生活をこれからも大切にしていきたいので、貴方も私を当てにしないで、自分の力で生きていって欲しいと告げた。

「そういうことか……」

邑井は黙って目の前のコーヒーカップに目をやっている。茉莉は邑井のそんな淋しげな姿から目を離して窓の外に目をやったまま、自分の人の善い情と闘っていた。この情に負けて、これまで幾度となく自分を窮地に追い込んだ自分の弱さを心の中で叱っていた。

邑井が茉莉に何か言おうとして顔をあげた時、二人の席の前に浩介が立っていた。

浩介は慇懃に邑井に挨拶をしている。邑井の目をじっと見つめたまま、言葉は丁寧だが、眼光は鋭く一分の隙もない。それでいて初対面の邑井の、男としてのプライドを損なわないように相対してやっている。生き方に疚《やま》しさを持たない男、浩介と、そうでない男、邑井の間では一瞬のうちに勝負がついたようだった。邑井の詭弁とその場しのぎの嘘は、浩介の清廉さの前では通用しないことを邑井本人が一番よく知っていた。

「茉莉さんには僕という男がついているので、これからはこの人を困らせたり、泣かせたりするようなことは絶対にさせない。だから、どうか貴方も何にも心配しないで安心して、自分の生きる道だけを考えていって欲しい。今後一切、関わりを持たないでもらいたい。僕にとって茉莉さんは大事な人なので、万一茉莉さんを哀しませるようなことがあったら、僕が命がけで守って見せるから、そのつもりでいて欲しい」

浩介は一つ一つの言葉をはっきりと、邑井の胸に叩き込むように言って聞かせていた。

邑井は一語もなかった。浩介の気迫に呑まれて頷くばかりだった。

「わかった」

邑井は最後にそれだけ言うと、茉莉と浩介に深々と頭を下げて席を立っていった。

「終わったな、あの一言で十分だ。あの人の目が初めて本気でものを言った」

このような場面の場数を踏んでいる者だけが分かる結末だった。

「ありがとう、やっと心の中に刺さっていた棘《とげ》が取れたような気持ち」

浩介は茉莉の言葉を手で制すと、全身に汗を噴き出しながら、こう言った。

「僕は今、あの男にも言ったように、これからもずうっとあなたと一緒に生きていきたいと思っている。これは決して嘘じゃない。二人で作り上げてきたものも、これから作り上げていくものも全て二人のものだと思っている。もう、だれにもあなたを怯えさせるような真似はさせない。僕が守っていく。だから、茉莉さん……。僕の嫁さんに……、僕と結婚して」

茉莉は、浩介の口から僕の嫁さんという言葉が出たところで、浩介の言葉を遮った。

「あなた正気なの？　こんな年の離れた女を、女房にするなんて。周りの人たちから笑い者になるだけよ。もし私への同情なんかで言うのなら、やめてほしいわ」

「同情なんかじゃない、初めから、そうあの晴海で逢った時から僕は決めていたんだ。周りの人の笑い者になる？　そんなことはどうでもいい。あなたが幸せになるならば。年の差を気にしているのか？　それも僕は少しも気にしない。僕が愛した人がたまたま僕より先に生まれた人だったというだけだから」

「なんと言ってもだめ。だっておかしすぎるもの。不自然よ。あなたにはもっともっとふさわしい人が……」

「ふさわしいかどうかは、僕が判断する。その判断をして決めた人が、茉莉さんあなたなんだ」

茉莉はこの浩介の無謀とも思えるプロポーズを、彼に冷静に考え直させるには、時間を置くしかないと思った。茉莉には無謀に思えても、浩介は正気であっただけ厄介だった。

茉莉は世間の口さがない言葉を思い浮かべていた。あんな若い男と一緒になってとか、築き上げた財産に欲の目が眩んだとか、茉莉が言われる材料は山ほどあった。親、兄弟、親戚や世間からは決して賛成されない条件が揃いすぎていた。それにたとえ望まれたからといって、一回り以上も年の離れた若い男と結婚するといったら、誰も茉莉を正常に思ってはくれないだろう。しかも茉莉は再婚で、彼は初婚である。茉莉の齢では浩介の子供も作って上げられないし、第一、活力も違う。

だから……、だから、浩介の気持ちはとっても嬉しくありがたいが、浩介の申し出ははっきり断ろうと茉莉は思っていた。それが茉莉の出した答えだった。そして時間を置くことでいつか浩介も考え直すに違いないと、しばらくはこの話題には触れないようにしていた。

ところが茉莉にプロポーズした日から、浩介の態度が誰の目から見ても変わってきた。何よりも変わったところは、人を大事に扱うようになった。寛容さが備わったとでも言おうか、人の過ちを一度は許してやるおおらかさを持つようになった。月日を重ねるうちに、浩介の人間そのものが一回りも二回りも大きくなって見えてきた。その声は従業員からは無論のこと、取引先の担当者などからも茉莉の耳に聞えてくる。

「常盤さんは、大澤さんと一緒にやるようになってから、人間が丸くなった」

「うちの社長、このごろとってもよく笑うようになって、前みたいにピリピリしたところがなくなって、明るくなったわ」

茉莉はそんな浩介の評判を心地よく聞いていた。

今まで、人一倍負けん気で、人に騙されたり、裏切られたりして、頼れるのは自分だけだと一人でつっぱって生きてきた浩介が、やっとここにきて、自分は一人じゃない、安心して心から信頼できるパートナー、私がいるということに、安らぎを覚えてくれた結果が、浩介の人間性にそのように出たと思うと、自分のことのように嬉しくなる。

浩介は前にも増して茉莉と一緒の時間を過ごすようになった。どこにいく時も、誰と会う時も必ず茉莉に側にいるように求めた。風呂も一緒に入るようになったし、寝る時も側で必ず手をつないできた。もっともこれは朝が来てみると、つかの間の別れがそこにあったのだが、そんなことにはお構いなしに、浩介は茉莉の時間の中に入って来た。茉莉に対する浩介のモーションは日に日に増していく。浩介には茉莉と一緒になるということは、彼が決めた動かしようのない事実になっていた。そして次から次へとプレゼント攻勢である。茉莉が一言「カトレアがとってもきれいだったのよ」と言った次の日は、部屋中がカトレアで溢れていた。

いつしか茉莉はそんな浩介との生活に何の抵抗も違和感もなくなっていった。むしろ、自分の時間の中に浩介がいないことのほうが不安で不安でしょうがなくなっている自分の変わりように驚いていた。私はあの人を愛している。そして浩介の茉莉に対する愛も本物だと実感していた。

茉莉はウオルト・ディズニーのミュージカル『美女と野獣』のラスト・シーンをふと想い描いていた。決して美女ではない自分と、野獣といったら気の毒な浩介との二人を、この劇のタイトルに喩えて考えることに苦笑しながら、この『美女と野獣』のヒロインが心の持ちようによって幸せを掴んだことを思い出していた。

彼女が、たとえ野獣であってもその愛を真剣に受け入れようと、自分の拘《こだわ》りを棄てて考え方、見方を改めた瞬間、今まで野獣だと思っていた相手がとたんに姿を変え、素敵な若者になって彼女に幸せをもたらし、永遠の幸せを掴むことになったことを。

茉莉ははっとして今の自分を見つめてみた。

浩介のプロポーズ、私がこれまで探していたものはこれではないか。メーテルリンクの童話劇『青い鳥』ではないが、探し捜し求めていた幸せは、本当はこんな身近なところにあったのだと思った。

しかし、この人となら今度こそ本当に幸せになれる、どんなことがあってもついていける人だと確信してはいたものの、やはり正式の結婚となると、二人が合意の上とはいっても、身内や、浩介の友だちとの付き合いもある。浩介に引け目を感じさせることになりはしないかなどと、茉莉にはまだ心に拘るものがあって一抹の不安が浮き沈みしていた。

その茉莉の躊躇を取り払ってくれたのが、浩介の母の言葉だった。

「あの子が、こんなに人間が大きく変わるとは、正直、私たちも思っていませんでした。人の心や生き方を善く変えるのは何がきっかけになるかわかりませんね。あなたと知り合ってあの子は変わりました。本当に良かったと思っています。感謝しています。その浩介が決めた人なんですから、何も迷わずに早く正式に一緒になって、籍を入れてください。あの子も喜びます」

浩介を苦労して育ててきた母の真情だった。

茉莉は自分の決意を佐伯夫妻に話した。今まで歩いてきた道程を正直に話した。もちろん、自分の心の隙に入り込んだ二人の男との出来事も。そして、浩介に今、求婚されていること、それに対しての自分の偽らざる浩介への想いも。

佐伯夫妻は浩介の求婚を受けるように二人の結婚に賛成してくれた。大賛成だとさえ言った。

「それで、浩介さん、この間、私に変なことを聞いてきたのだわ。信頼できる宝石商を知らないかって。それでうちの人の、大学の同級生が経営している上野・御徒町にある「ジュエリー筒井」を教えてあげたの。お仕事の関係かなと思ったのね、その時は」

「僕には、佐伯さん日本一の結婚式場はどこですかと聞いてきた。あはははは。あいつらしいよ、まったく。こうと思ったら一直線なんだから」

「羨ましいわ、そんな風に私も愛されてみたかったなあ」

「おい、おい、変なほうに話を持っていくなよ。その後だったか、宝石商の筒井から電話があったのは」

佐伯は浩介が筒井の店を訪れた時の話を聞かせてくれた。

筒井は浩介を見てまだ若いからと思い、彼に似合った筒井のところにある二キャラットくらいの石から見せた。ところが浩介はもっと大きいのはないかと言う。そこで大きいといってもダイヤの大きさと値段は、一が二になったから値段もそうなるかというと、そうではなく大きいだけ破格の値段になっていくことを話したのだが、なんと言っても大きい石がいいと浩介は言う。国内で大きい石はどのくらいかと聞くので、知り合いに5・8キャラットの石を持っている人を知っている、それが私が知る限りでは大きいといえば大きいというと、是非、その人を紹介してくれと言う。

筒井は半信半疑で、そのくらいになると一億円はしますよと言うと、浩介はけろっとして「ああ、それなら買えます」と言った。筒井は紹介する以上、確かな人でないと自分も困る、信用問題なので、後日、紹介することにして、浩介の会社と彼個人の資産を銀行筋や調査機関をつかって調べてみると、なんら問題はない。世の中には若いのにすごい人物がいる、それも一代で築き上げたというから、時代の変わり方を痛感するとともに、すっかり浩介に惚れこんでしまった。

聞くところによると、その石を是非、自分が選んだ人の指に輝かせたいと真剣な面持ちで言うから、またまた気に入ってしまった。ダイヤといってもたかが石。されどそこにその石を一億円の価値にするだけの志があるから、その石は立派にその値段の価値になってくる。

「筒井は久しぶりにいい取引をさせてもらったとよろこんでいたよ」

「それで、浩介さんはそのダイヤを……」

「ああ、現金で買っていったそうだ。筒井の紹介した人から。その人も、話をしてみて、一度で浩介君の人柄に惚れたそうだ。そして、この話にはおまけがあって、その人のところにある、日本でも一つしかないという一億五千万はするティアラを見せたところ、浩介君はそれも欲しそうにしていたと言うんだ。そこで、浩介君に惚れこんだ持ち主は、もし結婚が決まったら、あなたの奥様にそれを当日使わせてあげましょうと約束したそうだ」

「私も、一度でいいから被ってみたいなあ。それであなた、結婚式場の話は」

「それは、日本一の結婚式場で、皆さんを呼ぶとなったら、インペリアル・ホテルだろう」

「インペリアル？」

「そう、帝国ホテルさ。格が違う。超一流の人が必ず使う、確か「孔雀の間」というのがある。それを浩介君に教えておいた」

茉莉は自分の知らないところで、浩介が着々と準備を進めていることに驚いてしまった。一度言い出したら必ず実行していく浩介だけに、茉莉は内心空恐ろしい思いがしないでもない。ダイヤの指輪といい帝国ホテルといい、今の自分には過ぎたる物ばかりだった。なぜ浩介はそんなところに拘るのだろう、男の見栄かと思い、つい、

「嫌だわ、そんなに見栄を張らなくても……」

と二人の前で言ってしまった。

「浩介さんってそんなに見栄っ張りだったかしら、男の人って見栄を張りたがるのかもね」

由紀が首をかしげて茉莉の言葉に同意する。女二人の話の持っていきように、由紀の夫の和馬が咳払いをして遮った。

「それは違うと思うな。浩介君のそれは見栄でも何でもない。実力だよ。見栄というのは、自分の力以上のものを飾って見せようとするものだ。

いいか、ダイヤにしても、ホテルの件にしても、浩介君が誰かに金でも借りてきてやるんなら、それは見栄といってもいいが、彼は違う、自分の力の中でそれができる、しかも誰にも力を借りずに自力でやって見せるのだから、見栄でも何でもない。今の彼の実力の誇示なんだ。立派なものだよ。ここまで皆様のおかげでやれるようになりましたという感謝と、これからもこの力を維持して発展していきますという表現の場なんだよ」

「そうね。確かにそうだわ。私たちの年齢になると、変に周りに気を遣って、人の思惑なんかを気にしすぎるけど、そんなことを今の浩介さんが考えるようでは、それも変だわね。妙に大成ぶって、年寄りっぽく見えて。自分の思ったとおりにする、それが若さ、若いということかもしれないわね。茉莉ちゃん、その若さに付き合っていくのだから、あなたもいつまでも気を若くしていかないと」

「本当だ、それは大事なことだな。無理はしなくてもいいが、考え方というのは理解さえすればいくらでも若返ることはできる。

それと、僕が言いたいことはもう一つ、茉莉さんに浩介君との結婚を賛成した最大の理由でもあるんだが……。それは、それだけ浩介君が君のことを真剣に想っている、愛しているということが、さっきの二つのことから分かったからなんだよ。

こういっては失礼だが、確かに世間の社会常識で見れば、君たちが一緒になるということは特異なことだ。歳の差だけではない。しかしそれは年上の茉莉さんだけが世間から好奇の目で見られるのではない。浩介君も同じなんだ。お互いに。ところが選んだのは浩介君である以上、彼はそんなつまらない目で見られる茉莉さんを、少しでも辛い思いをさせないよう一番に気遣っている。

自分が選んだ人は、これだけのことをしても、し足りないほどすばらしい人です、これだけ自分が愛していく価値のある人です、ということを、きちんと周りの人たちに見せておきたい。それをすることで誰からも文句は言わせないという宣言でもあると思う。男として、本当に彼は男らしい奴だ。

だから、茉莉さん、安心して彼についていってもいいと思うよ。決してあなたを裏切るようなことはしないと、ぼくが保証してみせる」

茉莉は和馬の言葉の一つ一つが心にしみて、涙が止まらない。そこまであの人はこんな私を想ってくれる。その想いに応えてあげるのが私の務めなんだ、そこに本当の幸せがあったのだと、茉莉はやっと捜し求めていた宝物を見つけた思いがしていた。

平成八年十一月二十四日。二人は多くの人の祝福を受けて帝国ホテル「孔雀の間」で挙式した。当日、婚礼の式典は二人の親族だけでなく、三百人の招待客の前で盛大にとりおこなわれた。浩介は茉莉との婚礼の式を一人でも多くの人の前で挙げることで、自分の茉莉に対する並々ならぬ愛を示せる。神や仏の前でもいいが、自分たちを取り巻く人々の心の中に誓って見せてこそ、二人の愛が本物であるということを宣言できると思っていた。茉莉五十五歳、浩介三十六歳、二人の間には何物も敵わない強い絆と、穢れのない無心の愛だけがあった。それだけで充分過ぎるほど幸せな二人だった。

式の後の披露宴は、形式ばったおざなりなセレモニーとは違って、二人の門出を心から祝う者たちの宴に変わった。祝いの言葉は誰彼という序列などはなく、ほぼ全員の者から一言ずつの言葉が寄せられた。笑いあり、涙ありの祝辞のどれもが心から感動した言葉だった。話し下手な者は言葉に代えて歌を歌って祝ってくれる。年老いた者は感極まって、言葉も唄もなく二人の側に歩み寄ると幾度も抱擁して泣きながら祝って見せた。参列者全員の心が一つになった宴は、どこの誰とかという肩書きも、どちらの親族かというような形式ばった縛りはとっくの昔に取り払われて、そこに集う者みんなが浩介と茉莉の知り合いであるというだけで十分だった。

宴が始まってからおよそ四時間が経とうというのに、宴席は賑わい続けている。

茉莉を囲み女たちの輪が出来ている。浩介を囲み悪友たちの輪が盛り上がっている。そして二つの輪が一つになると、拍手喝采の中央に大きな浩介が茉莉を片手で抱いて抱えあげて立っていた。

当日、二人を祝福するスピーチをした人の中に、浩介の若い頃の悪友がいた。彼は訥々と話し出した。

「浩介、よかったな！　おめでとう。お互い子供の頃から喧嘩もしたし、連れ添って悪《わる》も散々やってきた。でも、いつもお前は弱い者虐めだけはしなかった。そしてこうと決めて口に出したら必ずやって見せた。いいことも、そう、ここではあまり言えないことも。

俺たちにとってお前は本当に頼りになる男だった。しかし、いつもその気性の一本気なところが、危なっかしくて見ていられなかった。誰がお前の舵を取って、きっちりと人生の航路を進ませてくれるのだろうかと、実は心配していたんだ。本当に。それがどうだ、全く驚いたよ。おまえが選んだ人は。すごい人を選んだものだ。俺は今日、本物の結婚というか、伴侶の選び方を教えられた。しっかりと舵を取ってもらえ。決してその船長をお前という船から降ろさないように、いつまでも二人でしあわせにやっていってくれ。また、本牧で飲もう。みんなで待っているから」

男同士の心が通った祝辞に、参列者みんな心を打たれていた。

彼のスピーチの暖かい余韻が消えないうちに、どこからか社員たちが歌う『草原情歌』が聞こえ出した。

《はるかはなれた　そのまた向こう　誰にでも好かれる　きれいな娘がいる》

劉俊南・青山梓訳詩　中国民謡

この歌は茉莉の大好きな歌で、茉莉はこの唄に出てくるような女性になりたいといつも思って、普段から仕事場でも、家にいる時でも口ずさんでいたので、社員全員から二人へ贈る歌声は、この日最も心のこもった祝い唄だった。

この日、浩介と茉莉の婚礼を祝うために、昼過ぎに始まった宴は、心温まる心の繋《つな》がりの中で、集まった人々に時のたつのを完全に忘れさせていった。今が何時なのか気にかける者が誰もいないほどの盛り上がりが夜更けるまで続いていた。

婚礼が済んだ後、茉莉は仕事の第一線から身を引いて家庭に入った。

浩介と二人で作り上げてきた会社は組織も整い、浩介の周りには信頼できる人が集まっていた。浩介の人を魅了する性格が人を上手に動かし始め、茉莉が培った人の和で事業が動き出すと、会社の業績は驚くほどの進展を見せていった。茉莉を得て家庭を持ち、安住の場を持った浩介は、新たに企画する事業部門などに自信を持って取り組んでいく。そのどれもが順調に成果を上げていった。

浩介が茉莉のためにと、目黒の柿の木坂に購入した新居で二人の生活が始まってみると、浩介は以前にも増して、茉莉を片時も側から離そうとしない。

「私が、どこかに行ってしまうとでも思っているのかしら」

茉莉はそう思うことがあった。

浩介は浩介で茉莉を思う気持ちがあってのことだった。浩介は茉莉のこれまでの苦労を全て知っている。二十歳近くも年の離れた男と一緒になった茉莉が、浩介と結婚して経済的にも何一つ不自由しないで暮らしている、そんな今の生活にふと茉莉が疑心暗鬼になり
「これは、本当なのだろうか、また違う苦労をするのでは、何しろ浩介はまだ若いのだし」

と、やっと掴んだ幸せに杞憂を持っているのなら、それを取り除いてやるのが自分の務めだと思っていた。今は茉莉の二十四時間に関わってやっていってこそ、浩介がそれだけ茉莉を大事にしている、失いたくない人だということを分からせてやりたかった。拘束することは、する方もされる方もお互い共有の時間の中に身を置いている、それも一つの愛情の表し方かもしれない。

茉莉は浩介の自分への関わり方に、それが浩介流の茉莉への気遣いだとは分かっていても、日が経つにつれてそれが正直、重荷に感じられ始めていた。つまりストレスである。

心の作用は敏感に身体に表れる。茉莉の体が痛み出した。

茉莉から体の不調を教えられて、浩介は初めて、自分の愛情の間違った表現の仕方に気がついた。過ぎたるは及ばざるが如し、の喩えどおり、茉莉のストレスの原因は自分の過干渉にある。それを取り除くには信頼しあうことが一番であることを悟った。信頼し合っていれば、相手に自由を与えられる。茉莉はもうどこにもいかない。今の幸せで十分に満足している、そして自分を何よりも大切に思っていると信じてやればいい。

次の日から浩介の茉莉に対する接し方が変わっていった。二人の心はこの日から本物の連れ合いになっていった。


茉莉はうっすらと目を開けた。そしてまだまどろみと目覚めの狭間で、今、自分がここにこうしていることが夢でないことを願っていた。

確かに５００８、スイート・ルーム、茉莉のベッドの中での目覚めだった。

隣のベッドで寝ているはずの浩介の姿がない。枕もとの時計を見ると、午前六時を少し回っている。

浩介は茉莉が昨夜見ていた窓辺とは反対側の窓辺に立って、細く開けたカーテンから表を見ている。

冬の街は夜明けを待っていた。

茉莉はそっと浩介の後ろに歩み寄りガウンを羽織らせた。浩介の手が伸びて茉莉を自分の前に抱きこみ、夜明け前の東の彼方を見させようと茉莉を後ろから包み込んだ。

一枚のガウンの中に二人がいた。

東の空はまだ暁の中にあった。浩介の温もりが茉莉の背に伝わりだした時、青い空は東雲にゆっくりと変わった。

それからの時の流れは速かった。

東雲の空は曙を告げ、朝ぼらけに空を染め出している。浩介が自分を抱く腕に力が入ってくるのが分かる。二人は何も言わずに今日という日の幕開けの瞬間を待っていた。茉莉はじっと立っているのが辛くなって、浩介の太い腕にすがり付いた。その時、

「あっ」

二人が、同時に声を上げた。

東の空に引かれていた一条の茜の筋、その一点が輝いた。

二人のために日の出が始まっていた
浩介の体がガタガタと震えている。頬を涙が伝わっている。

二人に届く朝日の光を浴びて、浩介と茉莉はしっかりと抱き合っていた。

〝常盤茉莉祝還暦パーティー〟の会場は、すべての照明が消えて、二百人の来客が一瞬どよめいた。

会場に村越一平のパーティー・オープニングの声が厳かに流れると、正面上手に作られた円形のステージの上に、浩介にエスコートされた茉莉が、真紅のカクテルドレスに身を包み、一本のスポットライトを浴びて立っていた。二人の後ろ、壁一面にはフラワーデザインの芙蓉の華が咲き誇っている。

誰もがその華麗な演出に息を呑み、拍手をするのを忘れていたほどである。我に返った二百人の客は、一斉にその感動を口々に出さずにはいられなかった。そのざわめきはしばらく続いていた。

来賓たちの祝辞が終わって、最後に浩介がマイクを握った。マイクを握ったまま、浩介はしばらく天を仰いでいる。その沈黙に会場は水を打ったように静まり返った。浩介のやかすれた声が会場に静かに流れ出した。

「茉莉、本当におめでとう。そしてお疲れ様でした。僕は夫として君を茉莉と呼ぶが、いつも心の中では人生の師として、またよき仕事の指導者として茉莉さん、時には先生と呼んでいる。この気持ちはこれからもずっと変わらないだろう。尊敬できる人を妻に持てて僕は最高に幸せだと思う。これからも、ずっと僕を見守っていってほしい。

　これまでの茉莉の私への献身に感謝して、僕は今日、ここに僕の気持ちのすべてを捧げる意味でプレゼントを用意した。実は田園調布に一軒の家を購入したんだ。

　この家で茉莉のこれからをゆっくりと寛いでもらいたい、ゆっくりと歩いていってほしい。といっても茉莉のことだから、また新たな活力を身につけて、幸せ探しに出かけることだろう。でも、どうか、安心して思う存分気の済むように羽ばたいたらいい。活躍したらいい。僕がついているから。僕は君の幸せそうな姿を見るのが一番嬉しいのだから」

　浩介の言葉が終わらないうちに、会場全体は二人をスタンディング・オベーションで包んでいた。その拍手の波と重なるようにして、会場にはいつのまにか、茉莉のコーラス仲間が彼女の還暦にふさわしい歌『花のまわりで』（江間章子作詞・大津三郎作曲）を歌う歌声が清々しく流れていた。

　歌声は次第に会場全体を包みだした。

　佐伯夫妻がいる。村越一平の家内がいる。木場「平河」の仲間たちが曲に合わせて首を振っている。浩介の悪友たちも手拍子をしてくれている。そして会社の社員たちがいる。みんなが一つになって『花のまわりで』を唄い続けている。

　茉莉は私が掴んだ幸せを、私だけのものにしておかないで、もっともっとみんなに分けてあげられたら、どんなにいいだろう。私だけがこんなに幸せでいいのだろうかと思った。

すると、どこからか、そうあの『どろかぶら』に出てきた旅の老人の声が、

「自分で掴んだ幸せなんだから……。それにあなたは素敵に生きてきた」

と、茉莉を称える言葉が聞こえてきたような気がした。

完

著者プロフィール
麻希 絵梨沙（まき えりさ）
本名 寺田正子
1941年１月、横浜に生まれる。
2000年２月、株式会社おしゃれ倶楽部を設立。
代表取締役。
2001年10月、田園調布におしゃれサロン絵梨沙を開業。

# 芙蓉の華

2001年12月15日　初版第１刷発行

著　者　麻希 絵梨沙
発行者　瓜谷 綱延
発行所　株式会社 文芸社
〒112-0004 東京都文京区後楽2-23-12
電話03-3814-1177（代表）
03-3814-2455（営業）
振替00190-8-728265

印刷所　株式会社 フクイン


ISBN4-8355-3036-5 C0095